Kwellende liefde

Elena Ferrante

Kwellende liefde

Uit het Italiaans vertaald door Manon Smits

UITGEVERIJ DE GEUS

Oorspronkelijke titel *L'amore molesto*, verschenen bij Edizioni e/o 1992

Omslagontwerp Robert Nix
Foto omslag uit de film *L'amore molesto* van Mario Martone,
in Nederland uitgebracht door Cinemien
Drukkerij Haasbeek bv, Alphen a/d Rijn

ISBN 90 5226 378 7
NUGI 301

Verspreiding in België EPO,
Lange Pastoorstraat 25-27, 2600 Berchem.

Voor mijn moeder

I

Mijn moeder verdronk in de nacht van 23 mei, mijn verjaardag, in het stuk zee bij de plaats die Spaccavento genoemd wordt, op enkele kilometers afstand van Minturno. Precies in die omgeving huurden wij aan het eind van de jaren vijftig, toen mijn vader nog bij ons woonde, 's zomers een kamer in een huis op het platteland en sliepen we de hele maand juli met zijn vijven op een paar bloedhete vierkante meters. Elke ochtend dronken wij meisjes een rauw ei, togen tussen het hoge riet over weggetjes van aarde en zand naar de zee en gingen zwemmen. De nacht dat mijn moeder stierf hoorde de eigenares van dat huis, die Rosa heette en inmiddels al over de zeventig was, dat er op de deur gebonsd werd maar ze deed niet open uit angst voor dieven en moordenaars.

Mijn moeder had twee dagen eerder, op 21 mei, de trein naar Rome genomen maar ze was nooit aangekomen. De laatste tijd kwam ze minstens één keer per maand een paar dagen bij mij logeren. Ik vond het niet fijn om haar aanwezigheid in huis te horen. Ze werd wakker als de zon opkwam en ging dan, zoals haar gewoonte was, de keuken en de woonkamer van boven tot onder poetsen. Ik probeerde weer in slaap te vallen maar het lukte me niet: ik lag verstijfd tussen de lakens en had het idee dat zij al rederend mijn lichaam reduceerde tot dat van een kind met rimpels. Als ze met de koffie kwam, rolde ik me op mijn zij om te vermijden dat ze me aan zou raken als ze op de rand van het bed ging zitten. Haar gezelligheid hinderde me: ze ging boodschappen doen en raakte vertrouwd met winkeliers met wie ik in tien jaar tijd amper twee woorden had gewisseld; ze ging in de stad wandelen met oppervlakkige kennissen van haar; ze raakte bevriend met mijn vrienden, die ze de verhalen van haar leven vertelde, steeds weer dezelfde. In haar nabijheid kon ik me alleen maar ingehouden en gekunsteld gedragen.

Ze ging terug naar Napels zodra ze het eerste teken van mijn ongeduld opmerkte. Ze zocht haar spullen bij elkaar, bracht het huis nog een laatste keer op orde en beloofde dat ze gauw weer langs zou komen. Ik liep door het huis om alles wat zij op haar manier had gerangschikt weer op mijn manier neer te zetten. Ik zette het zoutvaatje terug op de plank waar het al jaren stond, gaf het afwasmiddel weer de plek die mij altijd geschikt had geleken, verstoorde haar orde in mijn laden, herstelde de chaos in de kamer waar ik werkte. Zelfs de geur van haar aanwezigheid – een parfum dat een gevoel van onrust in huis achterliet – verdween na een tijdje zoals 's zomers de geur van een kortstondige regenbui.

Het gebeurde vaak dat ze de trein miste. Meestal kwam ze dan met de volgende trein of zelfs pas de volgende dag, maar toch kon ik er niet aan wennen en ik maakte me evengoed zorgen. Dan belde ik haar bezorgd op. Als ik haar stem eindelijk hoorde, wees ik haar vrij streng terecht: waarom was ze niet vertrokken, waarom had ze mij niet gewaarschuwd? Zij verontschuldigde zich altijd zonder veel overtuiging, en vroeg geamuseerd wat ik dacht dat haar zou kunnen overkomen, op haar leeftijd. 'Van alles', antwoordde ik. Ik had me altijd ingebeeld dat er duizenden gevaren op de loer lagen, speciaal om haar van de wereld te laten verdwijnen. Als kind zat ik tijdens haar afwezigheid altijd in de keuken op haar te wachten, voor het raam. Ik verlangde hevig dat ze aan het eind van de weg zou verschijnen, als een figuurtje in een kristallen bol. Ik ademde op de ruit tot die besloeg, zodat ik de straat zonder haar niet hoefde te zien. Als ze lang wegbleef werd mijn bezorgdheid zo onhoudbaar dat zij in rillingen over mijn lichaam liep. Dan vluchtte ik in een berghok zonder ramen en zonder licht, vlak naast de kamer van haar en mijn vader. Ik deed de deur dicht en zat daar in het donker, stilletjes te huilen. Het kamertje was een doeltreffend middel. Het wekte een diepe angst in me op die de bezorgdheid om het lot van mijn moeder in bedwang hield. In het pikkedonker, verstikkend vanwege de DDT, werd ik aangevallen door gekleurde figuren die mijn pupillen even beroerden en me de adem benamen. 'Als je terugkomt, vermoord ik je', dacht ik, alsof zij me daar had opgesloten. Maar dan, zodra ik haar stem op de gang hoorde, sloop ik er snel uit om onverschillig om haar heen te gaan drentelen. Ik moest weer aan dat berghok denken toen ik erachter kwam dat ze wel gewoon was vertrokken, maar nooit was aangekomen.

's Avonds ontving ik het eerste telefoontje. Mijn moeder zei op rustige toon dat ze niets tegen me kon zeggen: er was een man bij haar die het haar verbood. Toen begon ze te lachen en hing op. Onmiddellijk kreeg de verbazing de overhand. Ik dacht dat ze een grap wilde uithalen en ik legde me erbij neer dat ik op een tweede telefoontje moest wachten. En inderdaad liet ik de uren verstrijken in veronderstellingen, terwijl ik tevergeefs naast de telefoon zat. Pas na middernacht wendde ik me tot een bevriende politieagent, die heel aardig was: hij zei dat ik me geen zorgen moest maken, dat hij het wel zou regelen. Maar de nacht ging voorbij zonder nieuws van mijn moeder. Het enige dat vaststond was dat ze was vertrokken: weduwe De Riso, een alleenstaande vrouw van dezelfde leeftijd, met wie ze al vijftien jaar perioden van goed nabuurschap afwisselde met perioden van vijandschap, had me aan de telefoon verteld dat ze haar naar het station had gebracht. Terwijl ze in de rij stond voor het kaartje, had de weduwe een fles mineraalwater en een tijdschrift voor haar gekocht. De trein was stampvol maar toch had mijn moeder een plaatsje bij het raam gevonden in een coupé vol soldaten op verlof. Ze hadden afscheid genomen en elkaar wederzijds op het hart gedrukt voorzichtig te zijn. Wat ze aan had? Zoals gewoonlijk, kleren die ze al jaren had: blauwe rok en jas, een zwart leren tasje, oude schoenen met een halve hak, een versleten koffertje.

Om zeven uur 's ochtends belde mijn moeder me opnieuw op. Hoezeer ik haar ook met vragen bestookte ('Waar ben je? Van waaruit bel je? Wie is er bij je?'), het enige wat ze uitkraamde was een reeks smerige uitdrukkingen in dialect, heel luid en met plezier uitgesproken. Daarna hing ze op. Die obsceniteiten veroorzaakten een verwarde terugval in mij. Ik belde mijn vriend weer op en overrompelde hem met een onsamenhangende mengeling van uitdrukkingen in het Italiaans en in dialect. Hij wilde weten of mijn moeder de laatste tijd opvallend neerslachtig was. Dat wist ik niet. Ik gaf toe dat ze niet meer was zoals vroeger, rustig, ingetogen geamuseerd. Ze lachte zonder reden, praatte te veel; maar dat doen oudere mensen wel vaker. Dat moest mijn vriend ook toegeven: het gebeurde om de haverklap dat oude mensen, zodra het warm werd, gekke dingen deden; ik hoefde me nergens zorgen over te maken. Ik bleef me echter wel zorgen maken en liep de hele stad af, vooral zoekend op de plekken waarvan ik wist dat ze er graag wandelde.

Het derde telefoontje kwam om tien uur 's avonds. Mijn moeder sprak verward over een man die haar volgde omdat hij haar in een tapijt wilde rollen en meenemen. Ze vroeg of ik haar gauw kwam helpen. Ik smeekte haar te zeggen waar ze was. Ze veranderde van toon en antwoordde dat ze dat beter niet kon doen. 'Sluit je op, doe de deur voor niemand open', drukte ze me op het hart. Die man wilde mij ook kwaad doen. Daarna voegde ze eraan toe: 'Ga maar slapen. Ik ga nu zwemmen.' Toen hoorde ik niets meer.

De volgende dag zagen twee jongens haar lichaam enkele meters van de kant af dobberen. Ze had alleen een beha aan. De koffer werd niet aangetroffen. Het blauwe mantelpakje was nergens te vinden. Evenmin vond men haar slipje, haar kousen, haar schoenen, het tasje met haar papieren. Maar ze had wel haar verlovingsring en haar trouwring aan haar vinger. In haar oren had ze de oorbellen die mijn vader haar een halve eeuw geleden had gegeven.

Ik ging naar het lichaam kijken en toen ik met dat bleke voorwerp geconfronteerd werd, had ik het gevoel dat ik me er misschien aan moest vastklampen om niet god weet waar terecht te komen. Het was niet geschonden. Het vertoonde alleen een paar blauwe plekken, die te wijten waren aan de overigens kalme golven die haar de hele nacht tegen een paar boven het water uitstekende rotsen hadden geduwd. Ik had het idee dat er rond de ogen sporen van een heel zware make-up zaten. Ik keek langdurig, gegeneerd, naar haar olijfkleurige benen, die uitzonderlijk jeugdig leken voor een vrouw van drieënzestig. Met dezelfde gêne bemerkte ik dat de beha iets heel anders was dan die afgedragen dingen die ze gewoonlijk had. De cups waren van fijn bewerkte kant en je kon de tepels erdoorheen zien. Ze waren met elkaar verbonden door drie geborduurde V's, het merk van een Napolitaanse winkel met dure lingerie voor dames, die van de gezusters Vossi. Toen ze me de beha overhandigden, met haar oorbellen en de ringen, snoof ik er langdurig aan. Hij had de indringende geur van nieuwe stof.

2

Tijdens de begrafenis verbaasde ik mezelf met de gedachte dat ik eindelijk van de verplichting af was om me zorgen over haar te maken. Meteen daarna bemerkte ik een lauwwarme vloeiing en voelde ik dat ik nat was tussen mijn benen.

Ik liep vooraan in een lange stoet van familieleden, vrienden, kennissen. Mijn twee zussen drukten zich aan beide kanten tegen me aan. Ik ondersteunde een van hen met mijn arm omdat ik bang was dat ze flauw zou vallen. De ander hield me vast alsof haar ogen zo erg waren opgezwollen dat ze niks meer kon zien. Het feit dat mijn lichaam ongewild versmolt, joeg me angst aan alsof ik met straf bedreigd werd. Ik had geen traan kunnen vergieten: ze waren niet gekomen of misschien had ik niet gewild dat ze kwamen. Bovendien had ik als enige wat gezegd ter verontschuldiging van mijn vader, die geen bloemen had gestuurd en niet naar de begrafenis was gekomen. Mijn zussen hadden hun afkeuring niet voor me verborgen gehouden en nu waren ze blijkbaar bezig in het openbaar te tonen dat zij genoeg tranen hadden om ook die tranen te wenen die ik noch mijn vader vergoten. Het voelde als een aanklacht. Toen de stoet een stukje werd geflankeerd door een kleurling die een raamwerk met enkele beschilderde doeken op zijn schouders droeg, waarvan het eerste (dat op zijn rug te zien was) een ruw geschilderde voorstelling van een halfontklede zigeunerin was, hoopte ik dat zij noch de familieleden het zouden opmerken. De maker van die schilderijen was mijn vader. Misschien was hij op dit moment zelfs bezig die rommel te maken. Van die afschuwelijke zigeunerin, die al tientallen jaren op straat en op jaarmarkten in de provincie werd verkocht, had hij het ene na het andere exemplaar gemaakt en die bleef hij maken, zoals altijd voor een paar centen tegemoetkomend aan de vraag naar lelijke schilderijtjes voor kleinburgerlijke zitkamers. De ironie van de lijnen die tijdstippen verbinden met ontmoetingen, met scheidingen, met oude rancunes, had niet hem naar de begrafenis van mijn moeder gestuurd, maar dat simpele schilderij van hem, dat door ons dochters nog meer werd verafschuwd dan de maker ervan.

Ik was bekaf van alles. Sinds ik in de stad was aangekomen, had ik geen moment stilgezeten. Dagenlang had ik mijn oom Filippo, de broer van mijn moeder, vergezeld in de chaos van instanties, te midden van onbeduidende tussenpersonen die de bureaucratische gang van de dossiers konden bespoedigen, of door zelf na lange rijen voor de loketten de bereidheid van de beambten te beproeven om onoverkomelijke obstakels te overwinnen in ruil voor aanzienlijke giften. Af en toe was mijn oom erin geslaagd enig effect te bereiken door de lege mouw van zijn jas te laten zien. Hij was zijn rechterarm op latere leeftijd kwijtgeraakt, op zijn zesenvijftigste, toen hij aan de draaibank stond in een werkplaats aan de rand van de stad, en sindsdien gebruikte hij die invaliditeit de ene keer om gunsten te verkrijgen, de andere keer om degene die ze hem weigerde, hetzelfde ongeluk als hij toe te wensen. Maar de beste resultaten hadden we verkregen door veel extra geld te dokken. Op die manier hadden we ons snel de benodigde documenten verschaft, het nihil obstat van ik weet niet hoeveel werkelijke of verzonnen bevoegde autoriteiten, een eersteklas begrafenis en, het moeilijkst van alles, een plaats op het kerkhof.

Intussen was het dode lichaam van Amalia, mijn moeder, in stukken gesneden door de autopsie, steeds zwaarder geworden doordat we het telkens weer met voor- en achternaam, geboortedatum en sterfdatum, voor beambten sleepten die de ene keer onbeschoft en de andere keer opdringerig waren. Ik voelde dat ik me er nodig van moest ontdoen, en toch had ik de doodkist willen dragen, alsof ik nog niet uitgeput genoeg was. Ze hadden het me na veel tegenwerpingen toegestaan: vrouwen dragen geen doodkisten. Het was een heel slecht idee geweest. Omdat degenen die de kist samen met mij droegen (een neef en mijn beide zwagers) groter waren dan ik, was ik de hele weg bang geweest dat het hout tussen mijn sleutelbeen en mijn hals heen zou schieten, samen met het lichaam dat erin lag. Toen de kist in de wagen was gelegd en die was begonnen te rijden, waren een paar stappen en een schuldbewuste opluchting voldoende geweest om de spanning te laten neerslaan in die heimelijke vloed uit mijn buik.

De warme vloeistof die zonder dat ik het wilde uit me stroomde, gaf me de indruk dat het een signaal was dat was afgesproken door vreemdelingen binnen in mijn lichaam. De begrafenisstoet liep naar Piazza Carlo III. Ik had het idee dat de gelige voorgevel van het Reclusorio slechts met moeite het gewicht kon houden van de wijk Incis die ertegenaan leunde. De wegen van mijn topografische geheugen leken me onbestendig als een koolzuurhoudend drankje dat, als het geschud wordt, schuimend overstroomt. Ik voelde de stad, gesmolten in de warmte, onder een grijs, stoffig licht, en beleefde in gedachten opnieuw het verhaal van mijn kindertijd en mijn puberteit dat me altijd door de Veterinaria naar de Botanische Tuin deed dwalen, of over de altijd vochtige stenen, vol met rottende groenten, van de markt van Sant'Antonio Abate. Ik had het idee dat mijn moeder ook de plekken, ook de namen van de straten met zich meenam. Ik staarde naar het beeld van mij en mijn zussen op de ruit, tussen de bloemenkransen, als een foto die met te weinig licht was genomen, zodat het geheugen er in de toekomst niets aan zou hebben. Ik verankerde mezelf met mijn schoenzolen aan de plaveien van het plein en onderscheidde de nu al bijna verrotte geur van de bloemen die op de wagen waren gerangschikt. Op een gegeven moment was ik bang dat het bloed me over de enkels zou lopen en probeerde ik me los te maken van mijn zussen. Het lukte me niet. Ik moest wachten tot de stoet zich over het plein boog, omhoogklom in Via Don Bosco en zich ten slotte ontbond in een opstopping van auto's en mensen. Ooms en tantes, oudooms en oudtantes, zwagers en schoonzussen, neven en nichten begonnen elkaar om de beurt te omhelzen: mensen die ik vaag kende, die door de jaren heen veranderd waren, die ik alleen uit mijn kindertijd kende, die ik misschien nooit eerder gezien had. De weinige personen die ik me duidelijk kon herinneren, waren niet komen opdagen. Of misschien waren ze er wel, maar herkende ik ze niet omdat er sinds mijn kindertijd alleen details van hen waren overgebleven: een scheel oog, een mank been, de Levantijnse huidskleur. Daarentegen werd ik door mensen van wie ik niet eens de naam wist, terzijde genomen en vertelden ze me oud onrecht dat hen door mijn vader was aangedaan. Onbekende maar wel heel hartelijke jongens, zeer bedreven in gelegenheidsconversatie, vroegen hoe ik me voelde, hoe het met me ging, wat voor werk ik deed. Ik antwoordde: goed, het ging goed met me, ik tekende stripverhalen, en hoe ging het met hen? Veel rimpelige vrouwen, geheel in het zwart op hun bleke gezichten na, loofden Amalia's uitzonderlijke schoonheid en goedheid. Sommigen omhelsden me met zoveel kracht, en plengden daarbij zo'n overvloed aan tranen, dat ik heen en weer werd geslingerd tussen een gevoel van verstikking en een ondraaglijke gewaarwording van vocht dat zich van hun zweet en hun tranen naar me uitstrekte tot aan mijn liezen, tot de inplanting van mijn dijen. Voor het eerst was ik blij dat ik donkere kleding had aangedaan. Ik wilde net weggaan toen oom Filippo het weer eens op zijn heupen kreeg. In zijn bejaarde hoofd dat het verleden en het heden vaak door elkaar haalde, was de toch al wankele begrenzing blijkbaar door een detail omvergeworpen. Hij begon tot ieders verbazing heel hard in dialect te vloeken, en zwaaide razend met de enige arm die hij had.

‘Hebben jullie Caserta gezien?’ vroeg hij aan mij en mijn zussen, terwijl zijn adem stokte. En hij herhaalde die bekende achternaam meerdere malen, een dreigende klank uit mijn jeugd die me een onbehaaglijk gevoel gaf. Toen voegde hij er paars aangelopen aan toe: ‘De brutaliteit. Op de begrafenis van Amalia. Als je vader er was, zou hij hem vermoorden.’

Ik wilde niks horen over Caserta, een pure opeenstapeling van kinderlijke angst. Ik deed alsof er niks aan de hand was en probeerde hem tot bedaren te brengen, maar hij hoorde me niet eens. Integendeel, hij greep me opgewonden vast met zijn enige arm, alsof hij me wilde troosten voor de schoffering van die naam. Dus trok ik me ruw los, beloofde mijn zussen dat ik op tijd voor de begrafenisceremonie op het kerkhof zou zijn en ging terug naar het plein. Ik zocht gehaast een bar. Ik vroeg naar het toilet en wrong mezelf naar achteren, naar een stinkende plee met een smerige pot en een gelige wasbak.

Het bloed stroomde overvloedig. Ik voelde me een beetje misselijk en duizelig. In het halfduister zag ik mijn moeder met haar benen uit elkaar, die een veiligheidsspeld losmaakte, linnen doeken vol bloed tussen haar benen vandaan haalde, alsof ze eraan vastgeplakt zaten, zich omdraaide en bedaard tegen me zei: ‘Ga weg, wat doe jij hier?’ Ik begon te huilen, voor het eerst sinds jaren. Ik huilde en sloeg met één hand op de wasbak, met bijna regelmatige tussenpozen, alsof ik de tranen een ritme wilde opleggen. Toen ik het in de gaten kreeg hield ik op, fatsoeneerde me zo goed mogelijk met tissues en ging weg, op zoek naar een apotheek.

Op dat moment zag ik hem voor het eerst. ‘Kan ik u van dienst zijn?’ vroeg hij toen ik tegen hem aan liep: enkele seconden, lang genoeg om de stof van zijn overhemd tegen mijn gezicht te voelen, de blauwe dop van de pen die uit zijn jaszak stak op te merken, en ondertussen de onzekere toon van zijn stem, een aangename geur, de ontblote huid van zijn hals, een dichte bos wit, keurig gekamd haar te constateren.

‘Weet u misschien een apotheek?’ vroeg ik, zonder hem zelfs

maar aan te kijken, bezig als ik was snel opzij te springen om het contact te verbreken.

'Op Corso Garibaldi', antwoordde hij terwijl ik een minieme afstand herstelde tussen de compacte vlek van zijn benige lichaam en mezelf. Nu was het alsof hij met zijn witte overhemd en zijn donkere jas zat vastgeplakt aan de voorgevel van het armenhuis. Ik zag hem; bleek, goedgeschoren, zonder verwondering in de blik die me niet beviel. Ik bedankte hem bijna onverstaanbaar en spurtte in de richting die hij had aangewezen.

Hij volgde me met zijn stem, die van hoffelijk overging in een indringend en steeds grover gesis. Ik werd ingehaald door een stroom van obsceniteiten in dialect, een weke vloed van geluiden die mij, mijn zussen en mijn moeder betrok in een mengsel van zaad, speeksel, uitwerpselen en urine in alle mogelijke openingen.

Ik draaide me snel om, totaal verbijsterd omdat de beledigingen nergens op sloegen. Maar de man was er niet meer. Misschien was hij de weg overgestoken en was hij verdwenen tussen de auto's, misschien was hij de hoek omgegaan richting Sant'Antonio Abate. Langzaam wachtte ik tot mijn hartkloppingen weer regelmatig werden en een onaangename moordneiging verdween. Ik ging de apotheek binnen, kocht een doosje tampons en keerde terug naar de bar.

3

Ik arriveerde met een taxi bij het kerkhof, net op tijd om te zien hoe de doodkist werd neergelaten in een bak van grijze steen die vervolgens werd gevuld met aarde. Mijn zussen vertrokken direct na de begrafenis, per auto, met hun echtgenoten en hun kinderen. Ze popelden om naar huis te gaan en te vergeten. We omhelsden elkaar en beloofden dat we elkaar gauw weer zouden zien, maar we wisten dat het er niet van zou komen. We zouden hooguit een paar telefoontjes uitwisselen om beetje bij beetje de toenemende mate van wederzijdse vervreemding te meten. We woonden al jarenlang alle drie in een andere stad, met elk een eigen leven en een gezamenlijk verleden dat ons niet aanstond. De zeldzame keren dat we elkaar zagen, zwegen we liever over alles wat we elkaar te zeggen hadden.

Alleen achtergebleven verwachtte ik dat oom Filippo me zou uitnodigen bij hem thuis, waar ik de voorafgaande dagen te gast was geweest. Maar dat deed hij niet. Ik had hem die ochtend laten weten dat ik naar het huis van mijn moeder zou gaan, de weinige dierbare spulletjes ophalen, het huurcontract, de elektriciteit, het gas, de telefoon opzeggen; en hij had waarschijnlijk gedacht dat het geen zin had om me uit te nodigen. Hij liep weg zonder me te groeten, gebogen, sloffend, versleten door de aderverkalking en door die plotselinge opeenhoping van oude wraakgevoelens die hem fantasierijke scheldwoorden lieten uitbraken.

Zo bleef ik alleen achter. De menigte familieleden had zich teruggetrokken in de buitenwijken waar ze vandaan was gekomen. Mijn moeder was door ongemanierde doodgravers begraven in een ondergrondse ruimte die stonk naar was en vergane bloemen. Ik had pijn in mijn lendenen en buikkrampen. Ik nam een halfhartig besluit: ik slenterde langs de gloeiendhete wand van de Botanische Tuin tot aan Piazza Cavour, in een lucht die zwaar was van de uitlaatgassen van de auto's en van het gegons van dialectische klanken die ik onwillig ontcijferde.

Het was de taal van mijn moeder, die ik tevergeefs had gepoogd te vergeten, samen met vele andere dingen van haar. Wanneer we elkaar bij mij thuis zagen, of wanneer ik naar Napels kwam voor bliksembezoekjes van een halve dag, forceerde zij zichzelf om een moeizaam Italiaans te gebruiken, en ging ik met tegenzin, alleen maar om haar te helpen, over op het dialect. Geen vrolijk of nostalgisch dialect: een onnatuurlijk dialect, dat zonder ervaring werd gebruikt, hakkelend uitgesproken als een vreemde taal die je slecht beheerst. In de klanken die ik ongemakkelijk uitbracht, lag de echo van heftige ruzies tussen Amalia en mijn vader, tussen mijn vader en haar familieleden, tussen haar en de familieleden van mijn vader. Ik kon er niet tegen. Al gauw keerde ik terug naar mijn Italiaans en nestelde zij zich in haar dialect. Nu ze dood was en ik het voor altijd had kunnen uitwissen, te zamen met de herinneringen die het met zich meebracht, raakte ik van streek bij het horen ervan. Ik maakte er gebruik van om een stuk pizza gevuld met ricotta te kopen. Ik at met smaak na dagen van bijna vasten, terwijl ik rondliep in vervallen tuinen met miezerige oleanders, en de vele groepjes bejaarden bestudeerde. Het irritante komen en gaan van mensen en auto's vlak bij de tuinen deed me besluiten naar het huis van mijn moeder te gaan.

Het appartement van Amalia bevond zich op de derde verdieping van een oud gebouw gewapend met steigers. Het was een van die gebouwen in het historisch centrum die 's nachts half verlaten waren en overdag bewoond werden door beambten die rijbewijzen verlengen, uittreksels uit het geboortenregister of het bevolkingsregister verschaffen, computers raadplegen voor reserveringen of tickets voor vliegtuigen treinen en schepen, verzekeringspolissen afsluiten voor diefstal brand ziekte dood, en ingewikkelde salarisaangiften opstellen. Er waren weinig gewone huurders, maar toen mijn vader ons meer dan twintig jaar geleden – toen Amalia tegen hem had gezegd dat ze van hem af wilde en wij dochters haar vastbesloten in die keus hadden gesteund – alle vier het huis uit had gejaagd, hadden we daar gelukkig een appartement te huur aangeboden gekregen. Ik had het nooit een prettig gebouw gevonden. Het maakte me onrustig, alsof het een gevangenis, een gerechtshof of een ziekenhuis was. Mijn moeder was er echter blij mee: ze vond het indrukwekkend. In werkelijkheid was het lelijk en smerig, al vanaf de grote deur die steevast werd geforceerd, telkens als de beheerder het slot had laten repareren. De deurstijlen waren stoffig, zwart van de uitlaatgassen, en de grote koperen knoppen waren sinds het begin van de eeuw niet meer gepoetst. In de lange, donkere en vochtige gang die op een binnenplaats uitkwam, zaten overdag altijd mensen: studenten, voorbijgangers die op de bus wachtten die drie meter verderop stopte, verkopers van aanstekers, van papieren zakdoekjes, van geroosterde maïskolven of gepofte kastanjes, toeristen die het warm hadden of die voor de regen schuilden, wrokkige mannen in alle soorten en maten die onafgebroken verzonken waren in de vitrines die langs de beide wanden liepen. Die laatste groep verlichtte over het algemeen het wachten op weet ik wat door te staren naar de artistieke foto's van een bejaarde fotograaf die zijn studio in het gebouw had: een officieel uitgedost bruidspaar, stralend glimlachende meisjes, jongens in uniform die er brutaal uitzagen. Jaren geleden had er ook een paar dagen een pasfoto van Amalia gehangen. Ik had de fotograaf gesommeerd die weg te halen, voordat mijn vader als hij er voorbijkwam in woede zou uitbarsten en de vitrine zou vernielen.

Ik stak met neergeslagen blik de binnenplaats over en beklom het kleine trapje dat naar de glazen deur van trapportaal B leidde. De portier was er niet en daar was ik blij om. Ik stapte vlug in de lift. Het was de enige plek in dat hele gebouw die me beviel. Over het algemeen was ik niet dol op die metalen sarcofagen die snel omhooggingen of omlaagvielen zodra je de knop aanraakte, waardoor je een gat in je maag kreeg. Maar deze had houten wanden, glazen deuren met grijze arabesken aan de randen, bewerkte koperen handgrepen, twee elegante bankjes tegenover elkaar, een spiegel, gedempte verlichting; en hij zette zich in beweging met een concert van gekraak, geleid door een rustgevende traagheid. Een muntautomaat uit de jaren vijftig, met een bolle buik en een gebogen bek die naar het plafond gericht was, klaar om muntjes op te slokken, liet op elke verdieping een metalen snik horen. Al tijden hoefde je alleen maar op een knop te drukken om de cabine in beweging te zetten, en dus was hij nutteloos aan de rechterwand blijven zitten. Maar, ook al verstoorde de muntautomaat de bedaarde ouderdom van die ruimte, toch had ik er vanwege zijn ingetogen leegheid geen hekel aan.

Ik ging op een bankje zitten en deed wat ik als meisje telkens deed wanneer ik tot rust wilde komen: in plaats van op de knop met nummer drie te drukken, liet ik me tot de vijfde verdieping tillen. Die plek was al leeg en donker vanaf het moment dat, vele jaren geleden, de advocaat die daar zijn werkkamer had was vertrokken en zelfs het peertje dat de overloop verlichtte had meegenomen. Toen de lift stilstond, liet ik de adem naar mijn buik glijden en toen weer langzaam terugkomen tot in mijn keel. Zoals altijd ging na enkele seconden ook het licht van de lift uit. Ik wilde mijn hand al uitsteken naar de handgreep van een van de deuren: ik hoefde er maar aan te trekken en het licht zou weer aan gaan. Maar ik bewoog me niet en bleef mijn adem diep mijn lichaam in sturen. Het enige wat ik hoorde waren de houtwormen die het hout van de lift verorberden.

Slechts enkele maanden geleden (vijf, zes?), had ik in een plotselinge impuls, tijdens een van mijn snelle bezoekjes, aan mijn moeder bekend dat ik als tiener mijn toevlucht zocht op deze geheime plek, en ik had haar mee naar boven genomen. Misschien wilde ik proberen om een intimiteit tussen ons te scheppen die er nooit was geweest, misschien wilde ik haar verward laten weten dat ik altijd ongelukkig was geweest. Maar ik had de indruk dat zij het alleen maar erg grappig vond dat ik daar in de leegte had gehangen, in een gammele lift.

'Heb je ooit een man gehad in al die jaren?' had ik haar toen ineens gevraagd. Daarmee bedoelde ik: had ze ooit een minnaar gehad, nadat ze mijn vader had verlaten. Het was een heel abnormale vraag te midden van alle vragen die tussen ons mogelijk waren vanaf mijn kindertijd. Maar haar lichaam, dat enkele centimeters van het mijne op het houten bankje zat, had geen enkele verlegenheid getoond. Zelfs haar stem niet, die beslist en duidelijk had geklonken: nee. Geen enkel teken waaruit ik zou kunnen afleiden dat ze loog. Daarom had ik geen enkele twijfel gehad. Ze loog.

'Je hebt een minnaar', had ik ijskoud tegen haar gezegd.

Haar reactie was overdreven geweest in vergelijking met haar altijd zeer ingehouden gedrag. Ze had haar jurk omhooggetrokken tot aan haar middel, waarmee ze een hoge uitgelubberde roze onderbroek onthulde. Giechelend had ze iets onsamenhangends gezegd over haar weke vlees, haar slappe buik, en ze bleef zeggen:

'Voel hier maar eens', terwijl ze mijn hand wilde pakken om die op haar witte, gezwollen buik te leggen.

Ik had me teruggetrokken en ik had mijn hand op mijn hart gelegd om het bonzen ervan tot bedaren te brengen. Zij had de zoom van haar kleed laten vallen, maar haar benen bleven onbedekt, geel in het licht van de lift. Ik had er spijt van dat ik haar mee omhoog had genomen naar mijn schuilplaats. Bovenal verlangde ik dat ze zich zou bedekken. 'Stap uit', had ik tegen haar gezegd. En dat had ze ook gedaan: ze zei nooit nee tegen me. Eén stap buiten de geopende deuren was al genoeg om haar in het donker te laten verdwijnen. Toen ik me alleen wist in de cabine, had ik een soort ingetogen genoegen beleefd. Onwillekeurig had ik de deuren gesloten. Na enkele seconden was het licht van de lift uitgegaan.

'Delia', had mijn moeder gemompeld, maar niet angstig. Ze was nooit bang waar ik bij was, en ook die keer had ik het idee dat ze, uit gewoonte, in plaats van zelf gerustgesteld te willen worden, probeerde mij gerust te stellen.

Ik was even blijven zitten om mijn naam te proeven als een echo in de herinnering, een abstract begrip dat zonder geluid in je hoofd klinkt. Het deed me denken aan de stem, die al lang niet meer bestond, waarmee ze me in huis zocht en me niet kon vinden.

Nu zat ik daar en probeerde de weerklank van die echo haastig uit te wissen. Maar ik bleef de indruk houden dat ik niet alleen was. Ik werd bespied, niet door die Amalia van maanden geleden die nu dood was, maar door mezelf, ik was degene die op de overloop stond en me daar zag zitten. Ik verafschuwde mezelf, wanneer dat gebeurde. Ik geneerde me een beetje om mezelf zwijgend in die verouderde cabine te zien zitten, zwevend tussen de leegte en het duister, verstopt als in een nest op een boomtak, terwijl de lange staart van stalen kabels vermoeid aan het lichaam van de lift bungelde. Ik strekte mijn hand uit naar de deur en tastte wat in het rond voordat ik de handgreep vond. Het duister trok zich terug achter de ruiten met arabesken.

Ik had het altijd al geweten. Er was een grens die ik niet kon overschrijden als ik aan Amalia dacht. Misschien was ik daar om erin te slagen die te overschrijden. Ik schrok ervan, drukte op de knop met nummer drie en de lift onderging een luidruchtige schok. Knarsend begon hij omlaag te gaan naar het appartement van mijn moeder.

4

Ik vroeg de sleutel aan de buurvrouw, weduwe De Riso. Ze gaf hem, maar weigerde pertinent om mee naar binnen te gaan. Ze was dik en argwanend, ze had een grote moedervlek op haar rechterwang die werd bewoond door twee lange, grijze haren, en haar kapsel bestond uit twee stroken die in haar nek bijeenkwamen in een knot van vlechten. Ze had zwarte kleren aan, misschien omdat ze die altijd droeg, of misschien omdat ze haar begrafeniskleding nog aanhad. Ze bleef op de drempel van haar woning staan kijken hoe ik de juiste sleutels zocht. Maar de deur was niet goed gesloten. Tegen haar gewoonte in had Amalia slechts een van de twee sloten gebruikt, dat waarvan je de sleutel twee keer moest omdraaien. Het andere, waarvan je de sleutel vijf keer moest omdraaien, had ze niet gebruikt.

'Hoe komt dat?' vroeg ik aan de buurvrouw terwijl ik de deur opengooide.

Mevrouw De Riso aarzelde. 'Ze liep een beetje te dromen', zei ze, maar blijkbaar vond ze die uitdrukking wat te oneerbiedig, want ze voegde eraan toe: 'Ze was vrolijk.' Daarna aarzelde ze nog steeds: je kon zien dat ze zin had om te roddelen, maar dat ze bang was voor de geest van mijn moeder die rondwaarde in het trappenhuis, in het appartement, en vast en zeker ook bij haar thuis. Ik nodigde haar nogmaals uit om binnen te komen, hopend dat ze me gezelschap zou houden met haar gebabbel. Ze weigerde beslist, huiverend, en hield voet bij stuk.

'Waarom was ze vrolijk?' vroeg ik.

Ze weifelde nog even en hakte toen de knoop door.

'Er kwam al enige tijd een lange heer bij haar op bezoek, een heel fatsoenlijke man...'

Ik keek haar vijandig aan. Ik besloot dat ik niet wilde dat ze doorging.

'Dat was haar broer', zei ik.

Mevrouw De Riso kneep beledigd haar ogen samen: zij en mijn moeder waren al heel lang bevriend en ze kende oom Filippo heel goed. Hij was niet lang en ook niet overdreven fatsoenlijk.

'Haar broer...' zei ze nadrukkelijk, quasi instemmend.

'Niet dan?' vroeg ik geïrriteerd vanwege die toon. Ze groette me koeltjes en sloot de deur.

Als je het huis van iemand die net dood is binnengaat, kun je moeilijk geloven dat het verlaten is. Huizen onderhouden geen geesten maar houden wel de gevolgen vast van de laatste dingen die het leven heeft gedaan. Als eerste hoorde ik het gekletter van water dat uit de keuken kwam en een fractie van een seconde lang had ik het idee, door een plotselinge omslag van wat waar en niet waar was, dat mijn moeder niet dood was, dat haar dood slechts het onderwerp was geweest van een lange, beangstigende fantasie die god weet wanneer was begonnen. Ik wist zeker dat ze in huis was, levend, dat ze in zichzelf mompelend aan het aanrecht stond af te wassen. Maar de luiken waren gesloten, het appartement was donker. Ik deed het licht aan en zag het water uit de oude, koperen kraan in de lege gootsteen gutsen.

Ik draaide de kraan dicht. Mijn moeder maakte deel uit van een uitgestorven beschaving die het begrip verspilling niet kende. Ze gooide geen droog brood weg, van kaas gebruikte ze zelfs de korst, die ze in de soep meekookte om deze meer smaak te geven, ze kocht bijna nooit vlees maar vroeg aan de slager de botten die hij weggooide om er soep van te trekken, en ze zoog ze uit alsof ze wonderbaarlijke voedingswaarden bevatten. Ze zou nooit de kraan hebben laten openstaan. Ze gebruikte water met een spaarzaamheid die was verworden tot een reflex van haar handelingen, van haar oren en haar stem. Als ik als meisje ook maar een zwijgend draadje water liet lopen, dat zich als een breinaald uitstrekte naar de bodem van de wasbak, riep ze een ogenblik later zonder verwijt in haar stem: 'Delia, de kraan.' Ik voelde me onrustig: ze had in die verstrooidheid tijdens de laatste uren van haar leven meer water verspild dan in haar hele bestaan. Ik zag haar dobberen met haar gezicht omlaag, midden in de keuken zwevend, met op de achtergrond blauw majolica.

Ik zocht snel een andere omgeving op. Ik liep in de slaapkamer rond en verzamelde in een plastic zak de weinige dingen waaraan ze gehecht was: het album met de familiefoto's, een armband, een oude winterjurk van haar die nog uit de jaren vijftig kwam en die ik zelf ook mooi vond. De rest was rommel die zelfs de uitdragers niet zouden willen. De weinige meubels waren oud en lelijk, haar bed bestond uit enkel een spiraal en een matras, de lakens en dekens waren versteld met een zorg die ze, gezien hun ouderdom, niet verdienden. Het viel me echter op dat de lade waarin ze gewoonlijk haar ondergoed bewaarde leeg was. Ik zocht de zak met vuile was en keek erin. Er zat alleen een herenoverhemd van goede kwaliteit in.

Ik bekeek het goed. Het was een blauw overhemd, van een doorsnee maat, pas gekocht en gekozen door een jonge man of door een man met een jeugdige smaak. De hals was vuil maar de stof rook niet onaangenaam: het zweet was vermengd met een deodorant van een goed merk. Ik vouwde het netjes op en deed het in de plastic zak, bij de andere dingen. Het was niet een kledingstuk dat oom Filippo in de regel droeg.

Ik ging naar de badkamer. Er was geen tandenborstel en geen tandpasta. Aan de deur hing haar oude, blauwe badjas. Het toiletpapier was bijna op. Naast de wc stond een halfvolle vuilniszak. Er zat geen afval in; wat er wel in zat was die muffe geur van een vermoeid lichaam die wordt vastgehouden door vuile kleding of kleding die van heel oude stof is gemaakt, en waarvan elke draad is doordrongen van de sappen van tientallen jaren. Ik haalde met lichte afkeer het ene na het andere stuk ondergoed van mijn moeder tevoorschijn: oude witte en roze onderbroeken, op veel plaatsen versteld en met verouderde elastieken die hier en daar uit de losgetornde stof staken, als rails op de stukken tussen twee tunnels; vervormde en versleten beha's; onderhemden vol gaten; elastieken om de kousen op te houden, van die dingen die ze tot veertig jaar geleden gebruikten en die zij zonder enig nut bewaarde; panty's die er slecht aan toe waren; onderjurken die al lang niet meer in de mode en niet meer in de handel waren, verschoten, met vergeelde kant.

Het leek of Amalia, die zich altijd in vodden gekleed had, uit armoede, maar ook uit de gewoonte om zich niet aantrekkelijk te maken, een gewoonte die ze tientallen jaren eerder had aangenomen om de jaloezie van mijn vader te temperen, plotseling had besloten zich van haar hele garderobe te ontdoen. Ik dacht weer aan het enige kledingstuk dat ze aanhad toen ze werd opgevist: de gloednieuwe elegante beha, met de drie V's die de cups verbonden. Het beeld van haar borsten in dat kantwerk vergrootte de onrust die ik voelde. Ik liet de kledingstukken op de grond verspreid liggen, niet bij machte ze nog een keer aan te raken, sloot de deur en leunde ertegenaan.

Maar het had geen zin: de hele badkamer haalde me in en stelde zich weer voor me op, in de gang: Amalia zat nu op de wc en keek aandachtig naar me terwijl ik mezelf onthaarde. Ik bedekte mijn onderbenen met een schors van gloeiendhete was om die vervolgens, jammerend, vastbesloten van mijn huid los te trekken. Zij vertelde me ondertussen dat ze als meisje het zwarte dons van haar onderbenen met een schaar had afgeknipt. Maar de haren waren meteen teruggekomen, hard als prikkeldraad. Ook aan zee maakte ze, voordat ze haar badpak aandeed, met een schaar het schaamhaar korter.

Ik drong haar mijn ontharingscrème op, ook al weerde ze het af. Ik smeerde de was zorgvuldig op haar onderbenen, op de binnenkant van haar magere, stevige dijen, op haar liezen, en intussen vermaande ik haar met ongegronde strengheid vanwege haar verstelde onderjurk. Toen trok ik de schors eraf terwijl zij me zonder een spier te vertrekken aankeek. Ik deed het ruw, alsof ik haar aan een pijnproef wilde onderwerpen, en zij liet me begaan zonder iets te zeggen, alsof ze de proef had geaccepteerd. Maar haar huid hield het niet. Hij werd eerst vuurrood en meteen daarna paarsig, een netwerk van gesprongen haarvaatjes blootgevend. 'Geeft niks,' zei ze, 'het gaat wel over', terwijl ik zwakjes spijt betuigde over wat ik haar had aangedaan.

Nu had ik er heel wat meer spijt van, terwijl ik mijn best deed om de badkamer terug te sturen achter de toegang waar ik met mijn rug tegenaan leunde. Daartoe maakte ik me los van de deur, liet het beeld van haar bleke benen in de gang vervagen en ging in de keuken mijn tas pakken. Toen ik weer in de badkamer kwam, zocht ik tussen de onderbroeken die op de vloer lagen, zorgvuldig degene die me het minst versleten leek. Ik waste mezelf en verwisselde de tampon. Ik liet mijn slipje op de grond liggen, tussen die van Amalia. Toen ik voorbij de spiegel liep, glimlachte ik onwillekeurig om mezelf te kalmeren.

Ik bracht ik weet niet hoeveel tijd door bij het keukenraam, luisterend naar het geroezemoes in het steegje, het geraas van de motorfietsen, het geschuifel op de plaveien. De weg verspreidde een geur van stilstaand water die via de steigers omhoogklom. Ik was bekaf, maar ik wilde niet op het bed van Amalia gaan liggen en ook niet oom Filippo te hulp roepen en ook niet mijn vader bellen en ook niet mevrouw De Riso nog eens opzoeken. Ik had medelijden met die wereld van ontredderde oudjes, verdwaald tussen beelden van zichzelf uit voorbije tijden, de ene keer in harmonie en de andere keer ruziënd met schaduwen van dingen en personen uit het verleden. Niettemin deed ik mijn best om er niet bij betrokken te raken. Ik was geneigd om stemmen met stemmen, dingen met dingen, feiten met feiten te associëren. Nu al voelde ik Amalia terugkeren die wilde kijken hoe ik me met crème insmeerde, hoe ik me opmaakte en afschminkte. Nu al begon ik me vol wrok een heimelijke ouderdom van haar voor te stellen, waarin ze de hele dag met haar lichaam zat te spelen, zoals ze misschien toen ze jong was zou hebben gedaan als mijn vader in die spelletjes niet een verlangen had gelezen om bij anderen in de smaak te vallen, een voorbereiding op ontrouw.

5

Ik sliep niet meer dan een paar uur, zonder dromen. Toen ik mijn ogen opende, was de kamer donker en door het geopende raam kwam alleen het nevelige schijnsel van de straatlantaarns dat zich op een stukje plafond verspreidde. Amalia hing daarboven als een nachtvlinder, jong, misschien een jaar of twintig, in een groene peignoir, haar buik opgezwollen van een gevorderde zwangerschap. Hoewel haar gezicht rust uitstraalde, lag ze verkrampt op haar rug te kronkelen vanwege een hevige pijnscheut. Ik sloot mijn ogen om haar de tijd te geven zich van het plafond los te maken en terug te keren in de dood; toen deed ik ze weer open en keek op mijn horloge. Het was tien over twee. Ik viel weer in slaap, maar slechts enkele minuten. Toen verviel ik in een apathie van beelden, waarmee ik mezelf ongewild over mijn moeder begon te vertellen.

In die toestand tussen slapen en waken zag ik Amalia als een donkere, harige vrouw. Haar haar glansde als de huid van een panter, ook toen ze al oud was, ook toen het uitgedroogd was door het zout, en het was een dikke bos, de haren groeiden naast elkaar zonder in de wind uit elkaar te gaan. Het geurde naar zeep voor wasgoed, maar niet die vaste, waar een trap op gedrukt stond. Het geurde naar vloeibare zeep, die bruine die je kon kopen in een kelder waarvan ik me de prikkeling van stof in mijn neusgaten en mijn keel herinnerde.

Die zeep werd verkocht door een dikke, kale man. Hij nam wat van de zeep met een spaan en streek het op een stuk dik, geel papier, er tegelijkertijd een kwak zweet en DDT aan toevoegend. Terwijl ik buiten adem naar Amalia rende, hield ik de puntzak omhoog en blies er met bolle wangen in om de geuren van de kelder en die man eruit te drijven; nu ren ik op dezelfde manier, met mijn wang op het kussen waarop mijn moeder heeft geslapen, ook al is het lang geleden. En zodra zij me ziet aankomen maakt ze haar haar los, dat uit elkaar valt alsof ze het in krullen op haar voorhoofd heeft gebeeldhouwd en het ebbenhout van het kapsel onder haar handen een andere moleculaire structuur krijgt.

Ze had lang haar. Amalia kreeg het nooit helemaal uit de knoop en om het te wassen was er nooit genoeg zeep, ze had de hele verpakking nodig van de man die het verkocht in de kelder, onderaan de treetjes die wit waren van was of van loog. Ik verdacht mijn moeder ervan dat ze zich zo nu en dan aan mijn wakend oog onttrok en daar naartoe ging om zich rechtstreeks in de ton onder te dompelen, met toestemming van de man van de winkel. Daarna, terwijl het water uit de keukenkraan op haar nek kletterde, draaide ze zich vrolijk naar mij toe met haar natte gezicht, haar zwarte wimpers en pupillen, haar wenkbrauwen die met houtskool waren overgetrokken, zojuist grijs geworden door het schuim dat, in een boog op haar voorhoofd, uit elkaar viel in druppels water en zeep. De druppels gleden langs haar neus omlaag naar haar mond, totdat zij ze met haar rode tong opving en ik het idee had dat ze zei: 'Lekker.'

Ik wist niet hoe ze het voor elkaar kreeg om op twee plaatsen tegelijkertijd te zijn, om helemaal in de ton met zeep te stappen, daar in die kelder, in een blauwe onderjurk, waarvan de schouderbandjes op haar armen vielen; en zich ondertussen over te geven aan het water in onze keuken, dat haar haar steeds opnieuw bedekte met een vloeibare lak. Dit had ik beslist zo gedroomd met open ogen, zoals ik nu voor de zoveelste keer deed, en voor de zoveelste keer voelde ik een pijnlijke schaamte opkomen.

De dikke man had er namelijk niet genoeg aan om toe te kijken. 's Zomers sleepte hij de ton naar buiten. Zijn bovenlijf was ontbloot, gebakken door de zon, en hij had een witte zakdoek om zijn voorhoofd gebonden. Hij roerde met een lange stok in de ton en viste zwetend de glanzende massa haren van Amalia op. Intussen klonk verderop de wals die langzaam dichterbij kwam met zijn grote cilinder van grijze steen. Hij werd bestuurd door een andere man, gedrongen en pezig, ook hij met ontbloot bovenlijf, de harige oksels krullend van het zweet. Hij droeg een soort kakikleurige broek die zodanig was losgeknoopt dat er, als hij zat, ter hoogte van zijn buik een angstaanjagende holte zichtbaar werd, en stevig op de stoel van zijn voertuig gezeten keek hij toe hoe uit de voorover hellende ton de dikke, glanzende teer van Amalia's haar gleed, die, zich over het steengruis verspreidend, dampen deed opstijgen en de lucht deed golven. Het haar van mijn moeder was pek, en het werd uitgedund tot lichaamshaar en welig dons dat toenam op de verboden plekken van het lichaam. Verboden voor mij: ik mocht haar niet aanraken. Ze verstopte haar gezicht achter het gordijn van haar en bood de zon haar nek aan om die te drogen.

Toen de telefoon rinkelde, trok ze haar hoofd ineens omhoog, zodat het natte haar vanaf de vloer de lucht in vloog, het plafond aanraakte en weer op haar rug viel met een klap waardoor ik helemaal wakker werd. Ik deed het licht aan. Ik wist niet meer waar het apparaat was, dat intussen maar bleef rinkelen. Ik vond het in de gang, een oude telefoon uit de jaren zestig die ik goed kende, aan de wand vastgemaakt. Op mijn 'hallo' noemde een mannenstem me Amalia.

'Ik ben Amalia niet,' zei ik, 'met wie spreek ik?'

Ik had de indruk dat de man aan de telefoon met moeite zijn lachen inhield. Hij herhaalde: 'Ik ben Amalia niet', met een hoog stemmetje, en hernam toen in heel zwaar dialect: 'Zet de zak met vuile was op de bovenste verdieping neer. Dat had je me beloofd. En kijk goed: dan vind je de koffer met jouw spullen. Die heb ik daar voor je neergezet.'

'Amalia is dood', zei ik op kalme toon. 'Wie ben je?'

'Caserta', zei de man.

De achternaam klonk als de naam van de reus in sprookjes.

'Ik heet Delia', antwoordde ik. 'Wat ligt er op de bovenste verdieping? Wat heb je van haar?'

'Ik heb niks. Jij hebt iets van mij', zei de man weer met een hoog stemmetje, aanstellerig mijn Italiaans nabootsend.

'Kom hierheen,' probeerde ik hem te overreden, 'dan praten we erover en neem je mee wat je nodig hebt.'

Er volgde een lange stilte. Ik wachtte op het antwoord, maar dat kwam niet. De man had niet opgehangen: hij had de hoorn eenvoudig laten hangen en was weggegaan.

Ik ging naar de keuken en dronk een glas water, dik water dat heel vies smaakte. Daarna ging ik weer naar de telefoon en draaide het nummer van oom Filippo. Hij nam pas op na vijf keer overgaan, en zonder dat ik de kans kreeg hallo te zeggen brulde hij allerlei scheldwoorden in de hoorn.

'Ik ben Delia', zei ik streng. Ik merkte dat hij moeite had vast te stellen wie ik was. Toen hij zich me herinnerde, begon hij verontschuldigingen te mompelen, waarbij hij me 'mijn kind' noemde en voortdurend vroeg of het goed met me ging, waar ik was, wat er gebeurd was.

'Caserta heeft me gebeld', zei ik. Toen, voordat de litanie van scheldwoorden weer op gang zou komen, gebood ik hem: 'Rustig.'

6

Daarna ging ik terug naar de badkamer. Met mijn voet deponeerde ik mijn vuile slipje achter het bidet, verzamelde het ondergoed van Amalia dat ik over de vloer had verspreid en deed het weer in de vuilniszak. Toen liep ik naar de overloop. Ik was niet meer terneergeslagen of onrustig. Ik deed de huisdeur nauwgezet op slot, met beide sloten, en duwde op het knopje voor de lift.

Toen ik er eenmaal in zat, drukte ik op knopje nummer vijf. Op de bovenste verdieping liet ik de deuren van de lift open, zodat de donkere ruimte tenminste gedeeltelijk verlicht werd. Ik kwam erachter dat de man had gelogen: het koffertje van mijn moeder was er niet. Ik wilde alweer omlaag gaan maar veranderde van gedachte. Ik zette de vuilniszak in de rechthoek licht die vanuit de lift kwam en deed toen de deuren dicht. In het donker

stelde ik me op in een hoek van de overloop van waaruit ik g
zicht had op iemand die uit de lift stapte of die van de trap kw
Ik ging op de vloer zitten.

Al tientallen jaren was Caserta voor mij een haastige stad, een onrustige plaats waar alles sneller gaat dan op andere plaatsen. Niet de koninklijke stad naar wiens achttiende-eeuwse park vol watervallen ik als kind was gegaan, op Paasmaandag, tussen massa's dagjesmensen, dwalend in de eindeloze clan van familieleden, om salami uit Secondigliano te eten en gekookte eieren met schil en al in vet deeg met veel peper. De verzameling letters die stond voor die stad en dat park, hield voor mij alleen het snel vallende water in, en het angstige plezier om te verdwalen terwijl de stemmen die me terugriepen steeds verder weg klonken. Maar datgene wat mijn minder gemakkelijk in woorden uit te drukken emoties vastlegden onder het kopje Caserta, omvatte voornamelijk een draaierige misselijkheid, duizeligheid en een gebrek aan lucht. Soms bestond die plaats, die in mijn minder betrouwbare geheugen zat, uit een zwak verlichte, brede trap en een smeedijzeren balustrade. Andere keren was het een lichtvlek met tralies ervoor en bedekt met een fijnmazig rooster, waar ik naar zat te kijken terwijl ik onder de grond zat weggekropen, in het gezelschap van een jongetje met de naam Antonio die stevig mijn hand vasthield. De geluiden die erbij hoorden, als de geluidsband bij een film, vormden een ware heksenketel, plotseling gekletter, als van dingen die eerst netjes opgestapeld waren en ineens omvielen. De geur was die van etenstijd, wanneer uit elke deur, door het hele trappenhuis, de geuren van de meest uiteenlopende keukens zich vermengen, echter wel bedorven door een lucht van schimmel en spinnenwebben. Caserta was een plek waar ik niet mocht komen, een zaak met een uithangbord, een donkere vrouw, palmen, leeuwen, kamelen. Het smaakte naar de snoepjes op bonbonnières maar het was verboden om er te komen. Als meisjes erheen gingen, kwamen ze nooit meer terug. Zelfs mijn moeder mocht er niet heen, anders zou mijn vader haar vermoorden. Caserta was een man, een silhouet van donkere stof. Het silhouet draaide aan een draadje rond, eerst een rondje die kant op, daarna die kant op. Het was niet toegestaan om over hem te praten. Amalia werd vaak door het huis achternagezeten, ingehaald en in haar gezicht geslagen, eerst met de rug van de hand en dan met de handpalm, alleen omdat ze 'Caserta' had gezegd.

Dat zat in mijn minder dateerbare herinneringen. In mijn duidelijkere herinneringen zat Amalia zelf, die stiekem over hem praatte, over die man-stad die bestond uit watervallen en struikgewas en stenen beelden en schilderijen van palmbomen en kamelen. Ze praatte er niet met mij over, ik zat misschien onder de tafel te spelen met mijn zusjes. Ze praatte er met anderen over, met vrouwen die samen met haar thuis handschoenen naaiden. Ergens in mijn hoofd zaten echo's van zinnen. Een ervan had ik heel duidelijk onthouden. Het waren niet eens woorden, dat waren het niet meer; het waren compacte geluiden die waren gekristalliseerd in een beeld. Die Caserta, zei mijn moeder fluisterend, had haar in een hoek geduwd en had geprobeerd haar te kussen. Toen ik dat hoorde, zag ik de geopende mond van die man voor me, met stralend witte tanden en een lange, rode tong. Zijn tong schoot tussen de lippen door en ging toen weer naar binnen met een snelheid die me hypnotiseerde. In mijn puberteit deed ik altijd mijn ogen dicht speciaal om die scène naar believen op te roepen, en erover na te denken met een mengeling van aantrekkingskracht en afkeer. Maar dan voelde ik me wel schuldig, alsof ik iets deed dat verboden was. Ik wist toen al dat dat beeld in mijn fantasie een geheim bevatte dat niet mocht worden onthuld, niet omdat mijn ene helft geen toegang kon krijgen tot dat geheim, maar omdat, als dat wel gebeurd zou zijn, mijn andere helft zou hebben geweigerd het te benoemen en me van zich zou hebben weggejaagd.

Even tevoren had oom Filippo me aan de telefoon een paar dingen verteld die ik op de een of andere manier al wist: hij praatte erover en ik wist het. Ze waren als volgt samen te vatten: Caserta was een verachtelijke man. Als jongen was hij bevriend geweest met mijn oom en mijn vader. Via mijn vader hadden ze na de oorlog goede zaken kunnen doen: Caserta leek een pientere, eerlijke jongen. Maar hij kreeg belangstelling voor mijn moeder. En niet alleen voor haar: hij was al getrouwd en had een kind, maar hij viel alle vrouwen uit de wijk lastig. Toen het zover was gekomen dat de maat vol was, hadden mijn oom en mijn vader hem een lesje geleerd. En toen was Caserta met zijn vrouw en zoontje ergens anders gaan wonen. Hij had in dreigend dialect besloten: 'Hij wilde haar niet uit zijn hoofd zetten. Toen hebben we ervoor gezorgd dat de zin hem voorgoed verging.'

Stilte. Ik had bloed voor me gezien, tussen geschreeuw en beledigingen. De ene geestverschijning na de andere. Antonio, het jongetje dat mijn hand vasthield, was naar beneden gegooid, de donkere diepte van de kelder in. Ik had heel even het huiselijk geweld van mijn kindertijd en mijn jeugd in mijn ogen en oren voelen terugkeren, alsof het langs een draad gleed die me daaraan verbond. Maar ik merkte voor het eerst dat ik dat nu, na zoveel jaar, ook juist wilde.

'Ik kom naar je toe', had oom Filippo voorgesteld.

'Wat zou een oude man van zeventig mij kunnen doen?'

Hij wist niet wat hij moest doen. Voordat ik ophing, had ik hem gezworen dat ik terug zou bellen als Caserta weer iets van zich liet horen.

Nu zat ik op de overloop te wachten. Er ging minstens een uur voorbij. Door het trappenhuis scheen het licht van de andere verdiepingen, zodat ik, toen ik eenmaal aan het duister gewend was, de hele ruimte in de gaten kon houden. Er gebeurde niets. Pas tegen vier uur in de ochtend schokte de lift plotseling en ging de wijzer van groen naar rood. De cabine zakte omlaag.

In één sprong was ik bij de balustrade: ik zag hem voorbij de vierde verdieping glijden en op de derde stilhouden. De deuren gingen open en dicht. Toen was het weer stil. Zelfs de echo van de trillingen die de stalen kabels veroorzaakten hield op.

Ik wachtte een poosje, misschien vijf minuten: toen ging ik behoedzaam een verdieping naar beneden. Daar was een gelig licht: de drie deuren die op de overloop uitkwamen, gaven toegang tot het kantoor van een verzekeringsmaatschappij. Ik daalde nog een trap af en draaide om de stilstaande, donkere cabine heen. Ik wilde naar binnen kijken maar dat kwam er niet van omdat ik ineens verrast werd. De deur van mijn moeders huis stond wijd open, de lichten waren aan. Midden op de drempel stond het koffertje van Amalia en daarnaast haar zwarte leren tasje. Instinctief wilde ik naar die dingen toe rennen maar achter me hoorde ik de klik van de glazen liftdeur. De lamp verlichtte de cabine en toonde me een bejaarde man, goed verzorgd, op zijn manier mooi met zijn donkere, ingevallen gezicht onder een flinke bos wit haar. Hij zat op een van de houten bankjes, zo roerloos dat het de uitvergroting van een oude foto leek. Hij keek me één tel aan met een vriendelijke, ietwat zwaarmoedige blik. Toen trok de cabine zich met geraas de hoogte in.

Ik had geen enkele twijfel. Het was dezelfde man die me zijn litanie aan scheldwoorden had laten horen tijdens de begrafenis van Amalia. Ik aarzelde echter om hem achterna te gaan via de trap: ik vond dat ik het moest doen maar ik stond als een standbeeld aan de grond genageld. Ik keek naar de kabels van de lift totdat deze stil bleef hangen in het geraas van de deuren die vlug open en dicht gingen. Een paar seconden later gleed de cabine weer voor me langs. Voordat hij naar de begane grond verdween, liet de man me glimlachend de vuilniszak zien waar het ondergoed van mijn moeder in zat.

7

Ik was altijd sterk, nuchter, snel en vastberaden; en dat niet alleen: ik vond het fijn om te weten dat ik dat was. Maar ik weet niet wat me op dat moment overkwam. Misschien was het de vermoeidheid, misschien was het de emotie om die deur die ik zo zorgvuldig had gesloten, wijd open aan te treffen. Misschien werd ik misleid door de verlichte woning, door het koffertje en het tasje van mijn moeder die daar ineens op de drempel stonden. Of misschien was het iets anders. Het was de walging die ik voelde toen het tot me doordrong dat het beeld van die bejaarde man in de lift, achter de ruiten met arabesken, me even van een droeve schoonheid had geleken. Vandaar dat ik, in plaats van hem te achtervolgen, onbeweeglijk bleef staan en mezelf dwong hem heel nauwkeurig te bekijken, ook toen de lift al lang in het trappenhuis was verdwenen.

Toen ik het me realiseerde, voelde ik me futloos, terneergeslagen door het gevoel dat ik mezelf had vernederd tegenover de ene helft van mij die elk mogelijk teken van zwakte van mijn andere helft nauwlettend in de gaten hield. Ik was net op tijd bij het raam om de man door het steegje te zien weglopen in het licht van de lantaarns, rechtop, met een bedachtzame maar niet moeizame tred, in zijn rechterhand de zak die hij met uitgestrekte arm van zich afhield, terwijl de onderkant van zwart plastic over de straatstenen sleepte. Ik ging terug naar de deur en wilde de trap afrennen. Maar toen merkte ik dat de buurvrouw, mevrouw De Riso, stond te kijken in de verticale strook licht die voorzichtig verscheen tussen de deur en de omlijsting.

Ze droeg een lang nachthemd van roze katoen en ze keek me vijandig aan, haar gezicht doorsneden door de ketting die mensen met slechte bedoelingen moest verhinderen binnen te komen. Ze stond daar vast en zeker al lang door het kijkgaatje te gluren en alles af te luisteren.

'Wat gebeurt er toch?' vroeg ze snauwerig. 'Je bent al de hele nacht in de weer.' Ik wilde al even snauwerig antwoorden, maar toen schoot het me te binnen dat ze het had gehad over een man die mijn moeder ontmoette en ik bedacht net op tijd dat ik me moest inhouden als ik daar meer over te weten wilde komen. Die praatzieke toespeling van die middag, waaraan ik me had geërgerd, daarvan moest ik nu verlangen dat het een gedetailleerd praatje werd, een gesprek, een genoegdoening voor die eenzame bejaarde die niet wist hoe ze de nacht om moest krijgen.

'Niks,' zei ik terwijl ik mijn adem weer tot rust probeerde te brengen, 'ik kan niet slapen.'

Zij mompelde wat over de doden die moeite hebben om weg te gaan.

'De eerste nacht laten ze je nooit in slaap vallen', zei ze.

'Hebt u lawaai gehoord? Heb ik u gestoord?' vroeg ik gemaakt beleefd.

'Ik slaap amper, na een bepaalde tijd. En nu kwam het slot er ook nog bij: je was constant bezig de deur open en dicht te maken.'

'Dat is waar,' antwoordde ik, 'ik ben een beetje nerveus. Ik heb gedroomd dat die man over wie u het had hier op de overloop was.'

De oude vrouw begreep dat ik het over een andere boeg gooide en bereid was om naar haar geroddel te luisteren, maar ze wilde zeker weten dat ik haar niet opnieuw zou afwijzen.

'Welke man?' vroeg ze.

'Die man over wie u het had... die hierheen kwam, om mijn moeder te bezoeken. Ik lag aan hem te denken voordat ik in slaap viel...'

'Het was een fatsoenlijke man, die Amalia een goed humeur bezorgde. Hij nam soesjes voor haar mee, en bloemen. Als hij kwam, hoorde ik ze aan een stuk door praten en lachen. Vooral zij lachte, zo hard dat je het op de overloop kon horen.'

'Waar praatten ze dan over?'

'Dat weet ik niet, ik stond ze niet af te luisteren. Ik bemoei me met mijn eigen zaken.'

Ik werd ongeduldig.

'Praatte Amalia er dan nooit over?'

'Jawel,' gaf mevrouw De Riso toe, 'één keer toen ik ze samen naar buiten had zien komen. Toen zei ze dat ze hem al vijftig jaar kende, dat hij bijna familie was. En als dat zo is, moet jij hem ook kennen. Hij was lang, dun, met wit haar. Je moeder ging zowat met hem om alsof hij haar broer was. Heel vertrouwelijk.'

'Hoe heette hij?'

'Dat weet ik niet. Dat heeft ze me nooit verteld. Amalia deed wat ze wilde. De ene dag vertelde ze me alles, ook als ik het niet wilde horen, en de volgende dag groette ze me niet eens. Dat van die soesjes weet ik omdat ze ze niet allemaal hadden opgegeten en toen gaf zij ze aan mij. Ze gaf me ook de bloemen, omdat ze hoofdpijn kreeg van de geur ervan: ze had altijd hoofdpijn, de laatste maanden. Maar me uitnodigen en me aan hem voorstellen, dat nooit.'

'Misschien was ze bang om u in verlegenheid te brengen.'

'Welnee, ze wilde het voor zichzelf houden. Dat had ik wel door en daarom hield ik me terzijde. Maar ik zal je wel zeggen dat je niet van je moeder op aan kon.'

'Hoe bedoelt u?'

'Ze gedroeg zich niet zoals het hoort. Ik heb die meneer alleen die ene keer gezien. Het was een knappe, oude man, goed gekleed, en toen ik ze tegenkwam maakte hij een buiginkje voor me. Maar zij draaide zich om en zei een lelijk woord tegen me.'

'Misschien hebt u het verkeerd verstaan.'

'Ik heb het heel goed verstaan. Ze had ineens de tic gekregen om vreselijk lelijke woorden te zeggen, hardop, ook als ze alleen was. En daarna begon ze te lachen. Ik kon haar hier horen, vanuit mijn keuken.'

'Mijn moeder heeft nooit gescholden.'

'Ze deed het wel, ze deed het... Op een bepaalde leeftijd mag je toch wel wat terughoudendheid verwachten.'

'Dat is waar', zei ik. En ik moest weer denken aan het koffertje en het tasje op de drempel. Ik beschouwde ze als voorwerpen die, vanwege de reis die ze afgelegd moesten hebben, niet langer waardig waren spullen van Amalia te zijn. Ik wilde proberen ze die waardigheid weer terug te geven. Maar de oude vrouw, aangemoedigd door mijn meegaande houding, haalde de ketting van de deur en stapte over de drempel.

'Hoe dan ook,' zei ze, 'ik kan nu toch niet meer slapen.'

Ik was bang dat ze binnen wilde komen en stapte haastig achteruit naar het appartement van mijn moeder.

'Ik ga daarentegen toch maar eens proberen wat te slapen', zei ik.

Haar gezicht betrok en ze zag er direct van af me te volgen. Nijdig deed ze de ketting weer op de deur.

'Amalia wilde ook altijd bij mij komen, en ik mocht nooit bij haar komen', mopperde ze. Toen deed ze de deur voor mijn gezicht dicht.

8

Ik ging op de grond zitten en begon met de koffer. Ik deed hem open maar ik vond niets dat ik kon herkennen als eigendom van mijn moeder. Alles was splinternieuw: een paar roze pantoffels, een peignoir van poederkleurig satijn, twee nooit gedragen jurken, een roestrode die veel te strak en jeugdig was voor haar, en een blauwe die wat ingetogener was, maar wel kort, vijf slipjes van goede kwaliteit, een beautycase van bruin leer vol met flesjes parfum, deodorant, crème, make-up, reinigingsmelk: zij die zich nooit van haar leven had opgemaakt.

Ik ging verder met het tasje. Als eerste haalde ik er een wit kanten onderbroekje uit. Ik zag meteen, aan de drie V's die rechts duidelijk zichtbaar waren en aan de fijne tekening, dat het bij de beha hoorde die Amalia aanhad toen ze verdronk. Ik bestudeerde het zorgvuldig: er zat een scheurtje aan de linkerkant, alsof het was gedragen terwijl het duidelijk een maatje te klein was. Ik voelde mijn maag samentrekken en hield mijn adem in. Toen rommelde ik verder in het tasje, als eerste op zoek naar de huissleutels. Natuurlijk vond ik ze niet. Ik vond daarentegen wel haar leesbril, negen telefoonmuntjes en haar portefeuille. In de portefeuille zat tweehonderdtwintigduizend lire (een behoorlijk bedrag voor haar, die leefde van het weinige geld dat wij, drie zussen, haar maandelijks gaven), het betaalbewijs van een elektriciteitsrekening, haar identiteitskaart in een plastic hoesje, een oude foto van mij en mijn zusjes samen met onze vader. De foto was in slechte staat. Die beelden van ons, lang geleden, waren vergeeld en er liepen barsten overheen zoals de figuren van de gevleugelde demonen in sommige altaarstukken die door de gelovigen met scherpe voorwerpen zijn bekrast.

Ik liet de foto op de grond liggen en stond op, vechtend tegen een toenemende misselijkheid. Ik zocht in het huis naar een telefoonboek en toen ik dat gevonden had zocht ik vlug Caserta op. Ik wilde hem niet bellen: ik wilde zijn adres weten. Toen ik erachter kwam dat er drie volle pagina's met Caserta's waren, besefte ik ook dat ik niet wist wat zijn voornaam was: niemand had hem in mijn kindertijd ooit anders genoemd dan Caserta. Dus gooide ik het telefoonboek in een hoek en ging naar de badkamer. Daar kon ik het kokhalzen niet meer tegenhouden en even was ik bang dat mijn hele lichaam zich tegen me keerde met een drang tot zelfvernietiging die ik als kind altijd had gevreesd en die ik toen ik opgroeide in de hand had proberen te houden. Daarna kwam ik tot rust. Ik spoelde mijn mond en waste mijn gezicht zorgvuldig. Toen ik het in de spiegel zag, bleek en vervallen, over de wasbak gebogen, besloot ik ineens om me op te maken.

Dat was een ongewone reactie. Ik maakte me niet vaak op, en ik vond het ook niet leuk. Als meisje had ik het wel gedaan, maar ik deed het al een hele tijd niet meer: ik had niet het idee dat ik erop vooruitging met make-up. Maar die keer dacht ik dat ik het nodig had. Ik nam de beautycase uit de koffer van mijn moeder, ging terug naar de badkamer, maakte hem open en haalde er een nieuw potje vochtinbrengende crème uit, waarin de timide afdruk van Amalia's vinger was achtergebleven. Ik wiste dat spoor van haar uit met het mijne en nam een hele kwak. Vol vuur smeerde ik de crème op mijn gezicht en wreef over mijn wangen. Toen pakte ik het poeder en deed het zorgvuldig op mijn hele gezicht.

'Je bent een spook', zei ik tegen de vrouw in de spiegel. Ze had het gezicht van iemand van rond de veertig, ze deed eerst haar ene oog dicht, toen het andere, en trok twee lijntjes met een zwart potlood. Ze was mager, spits, had uitstekende jukbeenderen, en wonderlijk genoeg geen rimpels. Ze had heel kortgeknipt haar, om zo min mogelijk van de ravenzwarte kleur te laten zien, die overigens tot haar opluchting eindelijk in grijs overging en aanstalten maakte om voorgoed te verdwijnen. Ik begon aan de mascara.

'Ik lijk niet op je', fluisterde ik tegen haar terwijl ik wat rouge opdeed. En om niet tegengesproken te worden probeerde ik haar niet aan te kijken. Zodoende viel mijn oog op het bidet, in de spiegel. Ik draaide me om om erachter te komen wat er ontbrak aan dat voorwerp, een ouderwets model met monumentale kranen vol kalkaanslag, en toen ik het bemerkte moest ik lachen: Caserta had ook het bebloede slipje meegenomen dat ik op de grond had achtergelaten.

9

De koffie was bijna klaar toen ik bij het huis van oom Filippo aankwam. Met slechts één arm slaagde hij er wonderwel in om alles te doen. Hij had een van die ouderwetse koffieapparaten die werden gebruikt voordat mokka in alle huishoudens zijn intrede deed. Het was een metalen cilinder met een tuit, die je in vier delen uit elkaar kon halen: een reservoir om het water in te koken en een voor de koffie, het bijbehorende geperforeerde deksel dat je erop kon schroeven, en een koffiepot. Toen hij me binnenliet in de keuken, pruttelde het hete water al de koffiekan in en verspreidde zich een sterke geur van koffie door het appartement.

'Je ziet er goed uit', zei hij, maar ik denk niet dat hij mijn make-up bedoelde. Ik had altijd het idee gehad dat hij niet in staat was onderscheid te maken tussen een vrouw mèt en eentje zonder make-up. Hij wilde alleen maar zeggen dat ik er die ochtend beter uitzag dan anders. Terwijl hij kleine slokjes nam van de kokendhete koffie, voegde hij er zelfs aan toe: 'Van jullie drie ben jij degene die het meest op Amalia lijkt.'

Ik glimlachte zwakjes. Ik wilde hem niet verontrusten door hem te vertellen wat ik gedurende de nacht had meegemaakt. En al evenmin wilde ik mijn gelijkenis met Amalia bespreken. Het was zeven uur 's ochtends en ik was moe. Een half uur daarvoor was ik een bijna uitgestorven Via Foria overgestoken, waarvan de geluiden nog zo licht waren dat je de vogeltjes kon horen zingen. De lucht was fris, ogenschijnlijk schoon, en het licht was nevelig, weifelend tussen mooi en slecht weer. Maar al op Via Duomo werden de geluiden van de stad sterker, ook de vrouwenstemmen in de huizen; en de lucht werd grijzer en zwaarder. Met een grote plastic zak waar ik de inhoud van het koffertje en het tasje van mijn moeder in had gedaan, was ik bij hem binnengevallen en had ik hem overrompeld met zijn broek open, half afgezakt, zijn benige bovenlijf in een onderhemd, zijn stomp ontbloot. Hij had de ramen opengezet en had zich onmiddellijk gefatsoeneerd. Toen begon hij me te bestoken met aanbiedingen van voedsel. Wilde ik vers brood, wilde ik melk om in te soppen, wilde ik biscuitjes?

Ik liet me snel overhalen en begon dit en dat met lange tanden te eten. Hij was sinds zes jaar weduwnaar, hij woonde alleen zoals alle oude mensen zonder kinderen, hij sliep weinig. Hij was blij dat ik er was, ondanks het vroege tijdstip, en ik was ook blij dat ik er was. Wat ik wilde was een paar minuten rust, de bagage die ik de afgelopen dagen bij hem had gelaten, en andere kleren aantrekken. Ik was van plan om direct naar de winkel van de gezusters Vossi te gaan. Maar oom Filippo verlangde naar gezelschap en wat gebabbel. Hij dreigde Caserta op allerlei vreselijke manieren te zullen doden. Hij hoopte dat hij de afgelopen nacht al op pijnlijke wijze was overleden. Hij betreurde het dat hij hem vroeger niet vermoord had. En toen, via moeilijk te onderscheiden verbanden, begon hij in een heel zwaar dialect van de ene familiegeschiedenis naar de andere te springen. Hij stopte niet eens om adem te halen.

Na enkele pogingen zag ik er maar van af hem te onderbreken. Hij mopperde, wond zich op, kreeg tranen in zijn ogen, snotterde. Toen Amalia ter sprake kwam, ging hij binnen enkele minuten van een klaaglijke verdediging van zijn zus over op hardvochtige veroordelingen vanwege het feit dat ze mijn vader in de steek had gelaten. Bovendien vergat hij in de verleden tijd over haar te praten en begon hij haar verwijten te maken alsof ze nog leefde en aanwezig was, of in ieder geval elk moment uit de andere kamer kon komen. Amalia – begon hij te schreeuwen – denkt nooit van te voren aan de gevolgen: zo is ze altijd geweest, ze had moeten gaan zitten en rustig nadenken en afwachten; maar zij werd op een ochtend wakker en ging ervandoor met jullie drie. Dat had ze niet moeten doen, volgens oom Filippo. Ik had al snel door dat hij aan die scheiding van drieëntwintig jaar geleden het besluit van zijn zus om zich te verdrinken wilde verbinden.

Dat sloeg nergens op. Het ergerde me maar ik liet hem gewoon ratelen, hoewel hij zichzelf af en toe onderbrak en zijn vijandige toon hartelijk werd, hij haastte zich om nog meer potten uit de voorraadkast te halen: mintsnoepjes, biscuitjes die over de datum heen waren, bramenjam die wit zag van de schimmel maar die volgens hem nog goed was.

Terwijl ik zijn aanbiedingen telkens afwees en vervolgens gelaten zat te eten, ging hij weer verder, data en feiten door elkaar halend. Het was in '46 of '47 – probeerde hij zich te herinneren. Toen veranderde hij van gedachte en besloot: na de oorlog. Na de oorlog was het Caserta geweest die doorhad dat mijn vaders talent kon worden gebruikt om het wat beter te krijgen. De eerlijkheid gebood te zeggen dat als Caserta er niet was geweest, mijn vader voor een paar centen zou zijn doorgegaan met het schilderen van bergen, manen, palmbomen en kamelen in de winkels van de wijk. Caserta daarentegen, die heel slim was, en zo zwart als een Saraceen, maar met de ogen van een bezeten duivel, had al zijn krachten ingespannen om iets te bereiken bij de Amerikaanse matrozen. Niet om vrouwen of iets anders aan hen te verkopen. Caserta bewerkte vooral de matrozen die vergingen van de heimwee. En in plaats van dat hij ze foto's liet zien van jongedames die te koop waren, bespeelde hij hen net zolang tot ze de foto's van de vrouwen die ze in hun vaderland hadden achtergelaten uit hun portefeuille haalden. Als hij hen eenmaal had gereduceerd tot hunkerende, in de steek gelaten kinderen, onderhandelde hij over de prijs en bracht de foto's naar mijn vader zodat die er olieverfportretten van kon maken.

Ook ik herinnerde me die afbeeldingen. Mijn vader was er jarenlang mee blijven werken, ook zonder Caserta. Het leek alsof er door het vele zuchten van de matrozen nog minder dan de verschijning van hun vrouwen op het papier was achtergebleven. Het waren foto's van mamma's, zussen en verloofdes, allemaal blond, allemaal lachend, allemaal gefotografeerd met een permanentje, geen haartje verkeerd, edelstenen om hun hals en in hun oren. Ze leken wel opgezet. En bovendien was de glans van de afdruk afgesleten, net zoals bij de foto van ons die Amalia gekoesterd had, net zoals bij elke foto die verweerd raakt door lange afwezigheid, en de afbeelding was vaak omgevouwen aan de hoeken of er zaten witte barsten in die gezichten, jurken, halssnoeren en kapsels doorkliefden. Het waren stervende gezichten, ook in de verbeelding van degenen die ze vol verlangen en met een schuldgevoel koesterden. Mijn vader nam ze aan van Caserta en bevestigde ze met een punaise op zijn schildersezel. Dan toverde hij in een oogwenk een vrouw op het doek die echt leek, een mamma-zus-echtgenote die zelf zuchtte in plaats van te doen zuchten. De barsten verdwenen, het zwart-wit werd kleur, inkarnaat. En die geheugensteun werd net vakkundig genoeg geschminkt om ontredderde, eenzame mannen gelukkig te maken. Caserta kwam de handel weer ophalen, liet wat geld achter en vertrok.

Zo – vertelde mijn oom – was het leven in korte tijd veranderd. Dankzij de vrouwen van de Amerikaanse matrozen hadden we iedere dag te eten. Ook hij, want destijds had hij geen werk. Mijn moeder gaf hem wat geld, maar wel met instemming van mijn vader. Of misschien stiekem. Hoe dan ook, na jarenlange ontbering ging alles weer de goede kant op. Als Amalia meer oog had gehad voor de gevolgen, als zij er niet tussen was gekomen, wie weet wat ze dan bereikt hadden. Heel veel, volgens mijn oom.

Ik dacht aan dat geld en aan mijn moeder zoals ook zij op de foto's van het familiealbum stond: achttien, haar buik al bollend door mijn aanwezigheid binnenin haar, stond ze in de buitenlucht op een balkon; op de achtergrond zag je altijd een stukje van haar Singer. Ze stopte blijkbaar alleen maar even met die naaimachine aantrappen om zich te laten fotograferen, en ik wist zeker dat ze dan een paar tellen later weer gebogen ging zitten werken, terwijl ze op geen enkele foto was vastgelegd in die misère van de alledaagse inspanning, geen glimlach, geen stralende ogen, het haar niet in orde gebracht om er mooier uit te zien. Ik denk dat oom Filippo nooit had stilgestaan bij de bijdrage van Amalia's werk. Ik had er zelf ook nooit bij stilgestaan. Ik schudde mijn hoofd, misnoegd met mezelf: ik had er een hekel aan om over het verleden te praten. Daarom had ik, zolang ik nog bij Amalia woonde, mijn vader alles bij elkaar hooguit tien keer gezien, omdat zij me daartoe had gedwongen. En sinds ik in Rome woonde slechts twee of drie keer. Hij woonde nog steeds in het huis waar ik was geboren, twee kamers en een keuken. Hij zat de hele dag lelijke vergezichten van de golf of klungelige brandingen te schilderen voor dorpsfeesten. Zo had hij altijd de kost verdiend, hij kreeg een paar stuivers van tussenpersonen zoals die Caserta, en ik had het nooit fijn gevonden om hem vastgeklonken te zien aan de voortdurende herhaling van dezelfde handelingen, dezelfde kleuren, dezelfde vormen, dezelfde geuren die ik al sinds mijn vroegste jeugd kende. Wat ik vooral niet kon verdragen was dat hij met zijn vage verontschuldigingen kwam terwijl hij Amalia overstelpte met beledigingen, zonder haar enige verdiensten toe te kennen.

Nee, ik had een hekel aan alles uit het verleden. Ik had alle banden met mijn familieleden verbroken om te voorkomen dat ze bij iedere ontmoeting in hun dialect zouden zeuren over de vreselijke tegenspoed van mijn moeder en grove dreigementen aan het adres van mijn vader zouden uiten. Alleen oom Filippo was overgebleven. Die bleef ik ontmoeten, niet uit vrije keus maar alleen omdat hij plotseling kwam binnenvallen en ruzie maakte met zijn zus. Dat was altijd heel heftig, hij schreeuwde heel hard, en daarna maakten ze het weer goed. Amalia was erg gehecht aan die warhoofdige, enige broer van haar, die al van jongs af aan helemaal onder invloed stond van haar echtgenoot en Caserta. En op een of andere manier was ze blij dat hij mijn vader bleef zien en haar kwam vertellen hoe het met hem ging, wat hij deed, waar hij aan werkte. Maar ik, ook al voelde ik een heel oude sympathie voor dat versleten lichaam van hem en voor zijn agressieve gedrag als een opschepperige cammorist die ik als ik wou met één klap kon neerslaan, ik had liever gehad dat ook hij was weggevaagd zoals met zoveel ooms en tantes, oudooms en oudtantes was gebeurd. Ik kon moeilijk accepteren dat hij mijn vader gelijk gaf en haar ongelijk. Hij was haar broer, hij had haar honderd keer opgezwollen gezien van de klappen, de stompen, de schoppen; en toch had hij nooit een vinger uitgestoken om haar te helpen. Al vijftig jaar lang hamerde hij onverminderd op zijn solidariteit met zijn zwager. Pas sinds enkele jaren kon ik naar hem luisteren zonder bang te worden. Maar als kind kon ik het niet verdragen dat hij zich zo opstelde. Na een tijdje stopte ik twee vingers in mijn oren om het niet te hoeven horen. Misschien wilde ik niet toelaten dat ik in de diepste verborgenheid van mezelf zijn solidariteit gebruikte ter versterking van een veronderstelling die ik al even stiekem koesterde: dat mijn moeder een natuurlijke schuld in zich meedroeg, onafhankelijk van haar wil en van wat ze in feite deed, klaar om tevoorschijn te komen in ieder gebaar, in iedere ademhaling.

'Is dit overhemd van jou?' vroeg ik om van onderwerp te veranderen, en haalde het blauwe overhemd dat ik bij Amalia thuis had gevonden uit een van de plastic zakken. Zo snoerde ik hem de mond en hij was even verward, zijn ogen opengesperd en zijn mond halfopen. Toen begon hij verbolgen het kledingstuk uitgebreid te bekijken. Maar hij zag weinig of niks zonder bril: hij deed het alleen om zich te kalmeren na zijn uitbarsting, en om zich een houding te geven.

'Nee,' zei hij, 'ik heb nooit zo'n overhemd gehad.'

Ik vertelde hem dat ik het bij Amalia thuis had gevonden

tussen de vuile was, en dat was een vergissing.

'Van wie is het?' vroeg hij terwijl hij zich weer begon op te winden, alsof ik dat niet juist van hem wilde weten. Ik probeerde hem uit te leggen dat ik het niet wist, maar tevergeefs. Hij gaf me het overhemd terug alsof het besmettelijk was en begon opnieuw hardnekkig zijn zus te bekritiseren.

'Zo is ze altijd geweest', ging hij weer tekeer in dialect. 'Weet je nog van dat fruit dat ze elke dag gratis thuis kreeg? Zij was stomverbaasd: ze wist nergens van. En die gedichtenbundel met opdracht? En die bloemen? En die soesjes elke dag precies om acht uur? En weet je nog van die jurk? Het kan toch niet dat jij je niks herinnert? Wie heeft die jurk voor haar gekocht, precies haar maat? Ze zei dat ze er niks vanaf wist. Maar ze begon het huis uit te gaan, stiekem, zonder het tegen je vader te zeggen. Leg jij maar eens uit waarom ze dat deed.'

Ik merkte dat hij haar nog steeds als een ietwat tweeslachtige vrouw zag, zoals Amalia kon zijn, zelfs toen mijn vader haar hals had dichtgeknepen en haar huid blauwe plekken vertoonde van zijn vingers. Ze zei tegen ons, haar dochters: 'Zo is hij nu eenmaal. Hij weet niet wat hij doet en ik weet niet wat ik tegen hem moet zeggen.' Maar wij vonden daarentegen dat onze vader, vanwege alles wat hij haar aandeed, op een ochtend naar buiten zou moeten gaan en verbrand of verpletterd of verdronken aan zijn eind zou moeten komen. Dat vonden we en we haatten haar, omdat zij de drijfveer was van die gedachten. Daar twijfelden we niet aan, en ik was het niet vergeten.

Ik was niets vergeten maar ik wilde het me niet herinneren. Als het moest zou ik mezelf alles kunnen vertellen, heel gedetailleerd; maar waarom zou ik? Ik vertelde mezelf niet meer dan in bepaalde gevallen nodig was, waarbij ik de noodzaak telkens opnieuw afwoog. Nu zag ik bijvoorbeeld de perziken die op de vloer werden platgetrapt, de rozen die tien, twintig keer op de keukentafel werden geslagen, de rode bloemblaadjes in de lucht en daarna overal verspreid en de doornige stelen die nog vastzaten in het zilverpapier, het gebak dat uit het raam werd geslingerd, de jurk die op het vuur in de keuken werd verbrand. Ik rook de weeë geur die stof verspreidt als je er verstrooid het hete strijkijzer op laat staan, en ik was bang.

'Nee, jullie herinneren je niks en jullie weten niks', zei mijn oom alsof ik toen, op dat moment, ook mijn twee zussen vertegenwoordigde. En hij wilde me dwingen om het me te herinneren: wisten wij dat mijn vader pas was begonnen haar te slaan toen hij Caserta en de portretten voor de Amerikanen wilde laten zitten en zij zich daartegen verzette? Daar had Amalia zich niet mee te bemoeien. Maar zij bemoeide zich altijd overal mee, in het wilde weg. Mijn vader had een naakt dansende zigeunerin bedacht. Hij had haar getoond aan iemand die aan het hoofd stond van een netwerk van straatverkopers die stad en land afliepen om landschappen en brandingen te verkopen. Die persoon, die zich Migliaro liet noemen en die altijd een zoontje met allemaal scheve tanden met zich meesleepte, had haar geschikt geacht om door te breken in de werkkamers van dokters en tandartsen. Hij had gezegd dat hij bereid was om voor die zigeunerinnen een veel hoger percentage te bieden dan dat wat Caserta gaf. Maar Amalia was het er niet mee eens, ze wilde niet dat hij Caserta verliet, ze wilde niet dat hij zigeunerinnen schilderde, ze wilde zelfs niet dat hij ze aan Migliaro liet zien.

'Jullie herinneren je niks en jullie weten niks', herhaalde oom Filippo vol wrok omdat die tijd voorbij was die hij mooi had gevonden en die was vervlogen zonder de beloofde vruchten op te leveren.

Toen vroeg ik hem wat er met Caserta gebeurd was na de breuk met mijn vader. Er gleden allerlei mogelijke furieuze antwoorden aan zijn ogen voorbij. Toen besloot hij af te zien van de meest gewelddadige en benadrukte dat ze Caserta zijn verdiende loon hadden gegeven.

'Jij vertelde alles aan je vader. Je vader riep mij en we wilden hem gaan vermoorden. Als hij ook maar iets had geprobeerd, hadden we hem ook echt vermoord.'

Alles. Ik. Die toespeling beviel me niks en ik wilde niet weten over welke 'jij' hij het had. Ik wiste elke klank uit die de plaats van mijn naam innam, alsof het onmogelijk was om mij op enige andere manier aan te duiden. Hij keek me vragend aan en toen hij mijn onverstoorbare gezicht zag, schudde hij opnieuw afkeurend zijn hoofd.

'Je herinnert je niks', herhaalde hij weer, ontmoedigd. En toen vertelde hij me over Caserta. Naderhand was hij bang geworden en had hij het begrepen. Hij had de half failliete bar annex banketbakkerij van zijn vader verkocht en had met zijn vrouw en zoon de wijk verlaten. Na een tijdje had men het gerucht gehoord dat hij heler in gestolen medicijnen was. Daarna werd er verteld dat hij het geld dat die handel had opgebracht, had geïnvesteerd in een drukkerij. Een vreemd verhaal, want hij was geen drukker. De theorie van oom Filippo was dat hij hoezen voor vervalste grammofoonplaten drukte. Hoe dan ook, op een gegeven moment was de drukkerij door een brand verwoest en had Caserta een tijdje in het ziekenhuis gelegen vanwege brandwonden die hij aan zijn benen had opgelopen. Sinds die tijd had hij niks meer over hem gehoord. Sommigen dachten dat hij welgesteld was geworden van het geld van de verzekering, en dat hij daarom in een andere stad was gaan wonen. Anderen zeiden dat hij na die brandwonden was blijven dokteren, en dat hij nooit meer uit het ziekenhuis was ontslagen: niet omdat zijn benen beschadigd waren maar omdat er een paar steekjes los zaten bij hem. Hij was altijd al een vreemde man geweest: men zei dat hij steeds vreemder werd naarmate hij ouder werd. Dat was alles. Oom Filippo wist verder niets over Caserta.

Ik vroeg hem hoe hij van zijn voornaam heette: ik had hem in het telefoonboek opgezocht maar er waren te veel Caserta's.

'Waag het niet om hem op te zoeken', zei hij, opnieuw driftig.

'Ik zoek Caserta niet', loog ik. 'Ik wil Antonio zien, zijn zoon. Als kind speelden we samen.'

'Dat is niet waar. Jij wilt Caserta zien.'

'Dan vraag ik het wel aan mijn vader', bedacht ik toen als antwoord.

Hij keek me verbluft aan, alsof ik Amalia was.

'Dat doe je expres', mopperde hij. En zachtjes zei hij: 'Nicola. Hij heette Nicola. Maar het heeft geen zin om in het telefoonboek te zoeken: Caserta is een bijnaam. Zijn echte achternaam zit in mijn hoofd maar ik kan er niet meer opkomen.'

Hij leek zich werkelijk te concentreren, om mij een plezier te doen, maar toen gaf hij het terneergeslagen op: 'Het is genoeg geweest, ga jij maar terug naar Rome. Als je echt van plan bent om naar je vader te gaan, zeg hem dan in ieder geval niks over dit overhemd. Nu nog zou hij je moeder om zoiets vermoorden.'

'Hij kan haar niks meer doen', hielp ik hem herinneren. Maar hij vroeg, alsof hij me niet gehoord had: 'Wil je nog wat koffie?'

10

Het idee om me te verkleden gaf ik maar op. Ik hield mijn donkere, stoffige en verkreukelde jurk aan. Met moeite vond ik de tijd om de tampon te verwisselen. Oom Filippo liet me geen moment met rust met zijn vriendelijkheid en zijn woede-uitbarstingen. Toen ik zei dat ik naar de gezusters Vossi moest om ondergoed te kopen, was hij verward en zweeg hij een paar tellen. Toen bood hij aan om me naar de bus te brengen.

De dag werd steeds somberder, benauwder, en de bus bleek overvol. Oom Filippo schatte het gedrang in en besloot zelf ook in te stappen om mij te beschermen – zei hij – tegen zakkenrollers en tuig. Door een gelukkige omstandigheid kwam er direct een plaatsje vrij achterin: ik zei tegen hem dat hij moest gaan zitten maar hij weigerde energiek. Ik ging zelf zitten en er begon een afmattende reis, door een stad zonder kleuren, gewurgd door verkeersopstoppingen. In de bus hing een sterke ammoniakgeur en er fladderden donsveertjes rond die wie weet wanneer door de geopende raampjes waren gekomen. Ik kneep mijn neus dicht. Mijn oom kreeg het voor elkaar om eerst ruzie te maken met iemand die niet snel genoeg aan de kant was gegaan toen ik, om de zitplaats die vrijkwam te bereiken, had gevraagd of ik erlangs mocht, en toen met een jongeman die ondanks het verbod stond te roken. Ze bejegenden hem allebei met een dreigende minachting die geen enkele rekening hield met het feit dat hij zeventig was en een arm miste. Ik hoorde hem schelden en dreigen terwijl hij door het gedrang van me weg werd geduwd, naar het midden van het voertuig.

Ik begon te zweten. Ik zat tussen twee oude dames geklemd die met een onnatuurlijke starheid voor zich uit keken. De een hield haar tasje stevig onder haar oksel geklemd; de ander drukte het tegen haar buik aan, met haar hand op de opening en haar duim in een ring die aan de ritssluiting was bevestigd. De andere passagiers stonden over ons heen gebogen en ademden op ons. De vrouwen stikten tussen de mannelijke lichamen, snuivend vanwege die opgedrongen nabijheid, die hinderlijk was ook al leek hij onschuldig. De mannen in het gedrang gebruikten de vrouwen om stiekem spelletjes te spelen. De een stond een donker meisje vol spot aan te staren om te kijken of ze haar blik neersloeg. Een ander viste naar een stukje kant tussen twee knopen van een blouse, of harpoeneerde met zijn blik een schouderbandje. Anderen doodden de tijd terwijl ze door het raam naar binnen keken bij auto's, spiedend naar blote stukjes been, het spel van de spieren terwijl de voeten de rem of de koppeling intrapten, een verstrooid gebaar waarmee de binnenkant van een dijbeen werd gekrabd. Een kleine, magere man die vooruit werd geduwd door degenen die achter hem stonden, zocht kortstondig contact met mijn knieën en ademde af en toe in mijn haar.

Ik draaide me naar het dichtstbijzijnde raampje, op zoek naar frisse lucht. Toen ik als kind ditzelfde traject per tram aflegde, met mijn moeder, kroop het voertuig met een soort smartelijk ezelgebalk tegen de heuvel op, tussen oude grijze gebouwen door, totdat er een stukje zee verscheen en ik me voorstelde dat de tram daarop zeilde. De ruiten trilden in de houten lijsten. Ook de vloer trilde en dat gaf je lichaam een aangename vibratie die ik tot mijn tanden liet komen, waarbij ik mijn kaken een heel klein beetje uit elkaar hield om mijn gebit te horen klapperen.

Ik vond het een leuke reis, heen met de tram, terug met de kabeltrein: dezelfde langzame wagens, geen drukte, alleen zij en ik. Bovenin schommelden van die zware handgrepen, met leren lussen aan de stang gebonden. Wanneer je je eraan vastgreep, sprongen er door het gewicht van je lichaam teksten en kleurrijke tekeningen omhoog uit het metalen blok boven het handvat, bij elke ruk andere letters en afbeeldingen. De handgrepen maakten reclame voor schoenpoets, schoenen, allerlei handelswaar van stadse winkels. Als de wagon niet overvol was, legde Amalia haar pakjes in inpakpapier op de stoel en tilde me op om me met de handgrepen te laten spelen.

Maar als de wagon overvol was, was elk plezier uitgesloten. Dan werd ik gegrepen door de drang mijn moeder te beschermen tegen aanrakingen van mannen, zoals ik mijn vader altijd had zien doen in die situatie. Ik plaatste mezelf als een schild achter haar en stond als gekruisigd tegen haar benen aan, mijn voorhoofd tegen haar billen, mijn armen naar voren gestrekt, de ene hand stevig op de gietijzeren leuning van de stoel rechts, de andere op die van de stoel links.

Het was vergeefse moeite, het lichaam van Amalia liet zich niet omsluiten. Haar heupen strekten zich in het gangpad uit naar de heupen van de mannen die naast haar stonden; haar benen en haar buik zwelden op in de richting van de knieën of de rug van degene die voor haar zat. Of misschien vond het tegenovergestelde plaats, en waren het de mannen die aan haar bleven plakken als vliegen aan de kleverige, gelige stroken papier die in slagerijen hingen of die in delicatessenwinkels boven de toonbank bungelden, vol met dode insecten. Het bleek moeilijk te zijn om ze met mijn voeten of ellebogen weg te houden. Ze aaiden vrolijk over mijn nek en zeiden tegen mijn moeder: 'Dat mooie meisje wordt platgedrukt.' Sommigen wilden me zelfs optillen, maar dat weigerde ik. Mijn moeder lachte en zei: 'Kom maar hier, vooruit.' Ik hield krampachtig vol. Ik was bang dat als ik zou bezwijken, ze haar mee zouden nemen en ik alleen zou achterblijven met mijn woedende vader.

Hij beschermde haar met zo'n woestheid tegen andere mannen dat ik nooit wist of alleen de rivalen erdoor zouden worden verpletterd of dat het zich ook tegen hemzelf zou richten en zijn dood zou worden. Hij was een ontevreden man. Misschien was hij niet altijd zo geweest maar was hij het geworden sinds hij niet langer de wijk afliep en genoegen nam met het beschilderen van toonbanken in winkels of handkarren in ruil voor voedsel, maar was begonnen herderinnetjes, zeegezichten, stillevens, exotische landschappen en hordes zigeunerinnen te schilderen op doeken die nog niet op een raamwerk waren vastgezet. Hij had zich god weet wat voor toekomst voorgesteld, en hij werd razend omdat het leven niet veranderde, omdat Amalia niet geloofde dat het zou veranderen, omdat de mensen hem niet genoeg waardeerden. Hij herhaalde voortdurend, om zichzelf ervan te overtuigen en om haar te overtuigen, dat mijn moeder toch maar mooi geboft had dat ze met hem getrouwd was. Zij die zo donker was, het was maar de vraag van welk bloed zij afkomstig was. Maar hij was wit en blond, en had het gevoel dat hij met zijn bloed heel wat voorstelde. Ook al zat hij vast aan dezelfde kleuren, dezelfde onderwerpen, dezelfde landerijen en dezelfde zeeën tot je er misselijk van werd, hij fantaseerde eindeloos over zijn capaciteiten. Wij, dochters, schaamden ons voor hem en geloofden dat hij ons kwaad kon doen zoals hij dreigde te doen met iedereen die onze moeder durfde aan te raken. Als hij meeging in de tram waren we bang. Hij hield vooral kleine, donkere mannen met krullend haar en dikke lippen in de gaten. Aan dat antropologische type schreef hij de neiging toe om het lichaam van Amalia mee te slepen; of misschien dacht hij dat mijn moeder zich aangetrokken voelde tot die nerveuze, gedrongen, sterke lichamen. Eén keer was hij ervan overtuigd dat een man haar in het gedrang had aangeraakt. Hij sloeg haar voor ieders ogen: voor onze ogen. Ik was pijnlijk verbaasd. Ik was er zeker van geweest dat hij de man zou vermoorden en ik begreep niet waarom hij in plaats daarvan haar had geslagen. Ook nu wist ik nog steeds niet waarom hij dat gedaan had. Misschien om haar te straffen omdat ze de warmte van het lichaam van die ander had toegelaten op de stof van haar jurk, op haar huid.

II

Terwijl we stilstonden in de chaos van Via Salvator Rosa, kwam ik erachter dat ik geen enkele sympathie meer voelde voor de stad van Amalia, voor de taal waarin ze zich tot mij wendde, voor de straten waar ik als meisje doorheen was gelopen, voor de mensen. Toen ik op een gegeven moment een glimp van de zee opving, (dezelfde glimp waar ik als kind verrukt over was), leek het net een stuk paars vloeipapier dat over een bres in een muur was geplakt. Ik wist dat ik op het punt stond mijn moeder voorgoed te verliezen en dat dat precies was wat ik wilde.

De winkel van de gezusters Vossi was op Piazza Vanvitelli. Als kind had ik vaak voor hun etalages gestaan, die sober waren, met dikke ruiten in mahoniehouten kozijnen. De ingang was een oude deur met een ruit erin, en op de boog waren de drie V's gekerfd en de datum van oprichting: 1948. Wat zich achter dat ondoorzichtige glas bevond, wist ik niet: ik had nooit de behoefte gehad om te gaan kijken en er ook nooit het geld voor gehad. Ik was vaak aan de buitenkant blijven staan, vooral omdat ik de etalage op de hoek erg mooi vond, waar de dameskleding achteloos was neergelegd onder een schilderij dat ik niet kon dateren, maar dat beslist door een vakman gemaakt was. Twee vrouwen, wier gezichten elkaar bijna overlapten omdat ze zo dicht bij elkaar waren en dezelfde bewegingen maakten, renden met opengesperde monden van rechts naar links over het paneel. Er viel niet uit op te maken of ze iemand achtervolgden of achtervolgd werden. Het leek of het beeld uit een veel grotere scène was gezaagd, want het linkerbeen van de vrouwen zag je niet en hun uitgestrekte armen waren bij de polsen afgesneden. Ook mijn vader, die altijd wat aan te merken had op alles wat er in de loop der eeuwen was geschilderd, vond het mooi. Hij verzon onzinnige toekenningen en deed of hij een expert was, alsof we niet allemaal wisten dat hij nooit op school had gezeten, dat hij weinig of niets van kunst af wist, dat hij niks anders kon dan dag en nacht die zigeunerinnen van hem te schilderen. Als hij op dreef was en zin had om meer dan gewoonlijk op te scheppen tegenover ons, zijn dochters, zei hij zelfs dat hij het zelf geschilderd had.

Het was al minstens twintig jaar geleden dat ik die heuvel op was gegaan, een plek die ik me herinnerde als anders dan de rest van de stad, fris en netjes, op een steenworp afstand van de San Martino. Het viel me direct erg tegen. Ik had het idee dat het plein veranderd was met die paar miezerige platanen, het was opgeslokt door het blik van de auto's en er hing een trapezium van geel gelakte ijzeren stangen overheen. Ik herinnerde me dat er midden op het plein van vroeger palmbomen stonden, die me ontzettend hoog hadden geleken. Er stond er eentje, piepklein, ziek, belaagd door de grijze versperringen van het werk in uitvoering. Bovendien zag ik de winkel op het eerste gezicht nergens. Op de hielen gezeten door mijn oom die nog steeds in zichzelf aan het bekvechten was met de jongens uit de bus, hoewel het voorval al een uur geleden had plaatsgevonden, liep ik een rondje over dat stoffige, schreeuwende plein, gebombardeerd door pneumatische hamers en claxons, onder zo'n wolkenhemel die lijkt te willen regenen maar er niet in slaagt. Ten slotte stond ik stil voor etalagepoppen van kale vrouwen in onderbroek en beha, gekunsteld neergezet in gedurfde, vaak vulgaire poses. Tussen spiegels, vergulde metalen en materialen in groenblauwe kleuren herkende ik met moeite de drie V's op de boog, het enige dat bij het oude was gebleven. Ook het schilderij dat ik zo mooi vond was er niet meer.

Ik keek op mijn horloge: het was kwart over tien. Er was zo'n drukte dat het hele plein – gebouwen, grijs-paarse zuilengangen, wolken van geluid en stof – op een carrousel leek. Oom Filippo wierp één blik op de etalages en keek meteen gegeneerd de andere kant op: te veel gespreide benen, te veel uitdagende borsten, dat bracht hem op slechte gedachten. Hij zei dat hij op de hoek op me zou wachten: of ik wou opschieten. Ik bedacht dat ik hem niet had gevraagd om mee te gaan en ging naar binnen.

Ik had me altijd voorgesteld dat de winkel van Vossi van binnen schemerig was en dat er drie vriendelijke oude vrouwtjes verbleven met lange japonnen aan, een heleboel parelsnoeren om en het haar in een wrong die met een haarspeld uit vroeger tijden was vastgezet. In plaats daarvan trof ik een weelderig verlichte ruimte, luidruchtige klanten, nog meer etalagepoppen gehuld in satijnen peignoirs, kleurrijke topjes en zijden broekjes, toonbanken en planken die de ruimte overlaadden met koopwaar, piepjonge verkoopsters met hele zware make-up, allemaal in een zeer nauwsluitend pistachekleurig uniform met de drie V's op de borst geborduurd.

'Is dit de winkel van de gezusters Vossi?' vroeg ik aan een van hen, degene die er het aardigst uitzag, misschien niet op haar gemak in het uniform.

'Ja. Kan ik u helpen?'

'Zou ik misschien een van de dames Vossi kunnen spreken?'

Het meisje keek me stomverbaasd aan.

'Die zijn er niet meer', zei ze.

'Zijn ze overleden?'

'Nee, dat geloof ik niet. Ze zijn met pensioen gegaan.'

'Hebben ze de winkel weggedaan?'

'Ze waren oud, ze hebben alles verkocht. Er is nu een nieuwe eigenaar, maar we verkopen nog hetzelfde merk. Was u hier vroeger klant?'

'Mijn moeder', zei ik. En langzaam haalde ik het onderbroekje, de peignoir, de twee jurken en de vijf slipjes die ik in het koffertje van Amalia had gevonden tevoorschijn uit de plastic zak die ik had meegenomen. Ik legde alles op de toonbank. 'Ik geloof dat ze dit allemaal hier gekocht heeft.'

Het meisje bekeek alles met deskundige blik.

'Ja, het is bij ons gekocht', zei ze met onderzoekende blik. Ik merkte dat ze op basis van hoe oud ik eruitzag de leeftijd van mijn moeder probeerde te schatten.

‘Ze wordt in juli drieënzestig’, zei ik. Toen bedacht ik een leugen: ‘Het was niet voor haar. Het waren cadeaus voor mij, voor mijn verjaardag. Ik ben op 23 mei vijfenveertig geworden.’

‘U ziet er minstens vijftien jaar jonger uit’, zei het meisje, zichzelf dwingend om haar werk te doen.

Ik legde op innemende toon uit: ‘Het is mooi, echt mijn smaak. Alleen zit deze jurk me wat te strak, en dit onderbroekje is te nauw.’

‘Wilt u ze ruilen? Dan hebt u het bonnetje nodig.’

‘Ik heb het bonnetje niet. Maar het is wel hier gekocht. Herinnert u zich mijn moeder niet?’

‘Ik zou het niet weten. Er komen zoveel mensen.’

Ik keek naar de personen die de verkoopster bedoelde: vrouwen die hard stonden te schreeuwen in een dialect vol geforceerde vrolijkheid, die luidruchtig lachten, bedekt waren met uiterst kostbare juwelen, uit de paskamers tevoorschijn kwamen in onderbroek en beha of in krappe, goud- of zilverkleurige badpakken met luipaardprint, die pronkten met overvloedig vlees vol zwangerschapsstriemen en ingedeukt door sinaasappelhuid, die hun schaamstreek en hun billen evalueerden, hun borsten optilden met hun handen als cups, de verkoopsters negeerden en in die houding ronddraaiden voor een of andere goedgeklede en nu al bruinverbrande uitsmijter die daar speciaal was neergezet om hun geldstroom te kanaliseren en met zijn ogen de inefficiënte verkoopsters te bedreigen.

Het was niet de cliëntèle die ik me had voorgesteld. Het leken vrouwen wier mannen onverwacht en gemakkelijk rijk waren geworden, waardoor ze in een tijdelijke luxe werden gesmeten waar ze van moesten genieten met de subcultuur van een overvolle, vochtige kelder, half pornografische stripverhalen, schuttingtaal als stopwoorden. Het waren vrouwen die vastzaten in een stad-gevangenis en die aan één stuk door gecorrumpeerd werden, eerst door de ellende en nu door het geld. Ik merkte dat ik er niet tegen kon hen te zien en te horen. Ze gedroegen zich ten opzichte van die man zoals mijn vader zich inbeeldde dat vrouwen zich gedroegen, zoals hij zich had ingebeeld dat zijn echtgenote zich gedroeg zodra hij zich had omgedraaid, zoals ook Amalia misschien haar hele leven had gefantaseerd om zich te gedragen: een dame van de wereld die zich bukt zonder dat ze twee vingers op haar decolleté hoeft te houden, die haar benen over elkaar slaat zonder op haar rok te hoeven letten, die schaterlacht, zich volhangt met kostbare dingen en voortdurend met haar hele lichaam seksuele uitnodigingen uitstraalt, terwijl ze oog in oog met de mannen strijdt in de arena van de zedeloosheid.

Onwillekeurig trok ik een nijdig gezicht. Ik zei: 'Ze is net zo groot als ik, ze heeft maar een paar grijze haren. Maar ze heeft een heel ouderwets kapsel, niemand heeft het haar meer op die manier. Ze was hier in het gezelschap van een man van rond de zeventig, hij ziet er goed uit, slank, heel dicht haar, helemaal wit. Een mooi stel om te zien... U moet zich hen toch herinneren, ze hebben al deze dingen gekocht.'

De verkoopster schudde haar hoofd, ze herinnerde het zich niet.

'Er komen zoveel mensen', zei ze. Toen wierp ze een blik op de uitsmijter, bezorgd dat ze zoveel tijd verloor, en stelde me voor: 'Past u ze eens aan. Volgens mij is het precies uw maat. Als de jurk wat trekt...'

'Ik wil graag met die meneer daar praten...' waagde ik.

De verkoopster duwde me in de richting van een pashokje, opgelaten vanwege mijn voorzichtig geuite verzoek.

'Als het onderbroekje u niet zo bevalt, neemt u er gewoon nog een... dan krijgt u korting', stelde ze voor. En ik bevond me in een hokje dat uit enkel rechthoekige spiegels bestond.

Ik zuchtte, trok vermoeid mijn jurk van de begrafenis uit. Ik kon steeds slechter tegen het uitgelaten gekwebbel van de klanten, dat hier niet gedempt klonk maar juist versterkt leek. Na een ogenblik van twijfel deed ik ook de onderbroek van mijn moeder uit die ik de avond daarvoor had aangedaan en deed die van kant aan die ik in haar tasje had gevonden. Hij paste me precies. Ik ging verbouwereerd met een vinger over de scheur aan de zijkant die Amalia waarschijnlijk had veroorzaakt toen ze hem aandeed, en trok toen de roestrode jurk over mijn hoofd. Hij kwam tot vijf centimeter boven mijn knieën en de hals was te wijd. Maar hij trok absoluut niet, integendeel, hij gleed over mijn lichaam en verzachtte de gespannen, pezige magerheid ervan. Ik ging de paskamer uit terwijl ik de jurk opzij trok, naar mijn kuit keek en hardop zei: 'Kijk, ziet u, de jurk trekt hier aan de zijkant... En hij is te kort.'

Maar naast de jonge verkoopster stond nu de man, een vent van een jaar of veertig met een zwarte snor, zeker twintig centimeter groter dan ik, met brede schouders en borst. Zijn gelaatstrekken en zijn lichaam waren opgeblazen, dreigend; alleen zijn blik was niet onsympathiek maar levendig, vertrouwd. Hij zei in televisie-Italiaans, alleen niet aardig, niet eens met een zweem van de instemmende samenzweerderigheid die hij bij de andere klanten tentoonspreidde, zelfs met duidelijke moeite om u tegen me te zeggen: 'Hij staat u heel goed, hij trekt absoluut niet. Zo is dat model nu eenmaal.'

'Het is juist het model dat me niet zo bevalt. Mijn moeder heeft het zonder mij uitgekozen en...'

'Ze heeft een uitstekende keus gemaakt. Houdt u die jurk maar en veel plezier ermee.'

Ik staarde hem een tel aan, zwijgend. Ik voelde dat ik iets wilde doen, tegen hem of tegen mezelf. Ik keek naar de andere klanten. Ik trok de jurk over mijn heupen en draaide me om naar een van de spiegels.

'Kijk eens naar dat slipje,' wees ik hem in de spiegel, 'het zit te strak.'

De man veranderde niet van uitdrukking, noch van toon.

'Luister, ik weet niet wat u wilt, u hebt niet eens het bonnetje', zei hij.

Ik zag mezelf in de spiegel met mijn magere, blote benen: ik trok de jurk gegeneerd omlaag. Ik pakte mijn oude jurk en de onderbroek, stopte alles in de zak en zocht onderin naar het plastic hoesje met de identiteitskaart van Amalia.

'U zou zich mijn moeder toch moeten herinneren', probeerde ik nog een keer terwijl ik het document uitstak en het voor zijn ogen openvouwde.

De man wierp er een snelle blik op en leek zijn geduld te verliezen. Hij ging over op het dialect.

'Mijn beste mevrouw, we hebben hier geen tijd te verliezen', zei hij en gaf me het document terug.

'Ik vraag het u alleen maar...'

'Spullen die eenmaal verkocht zijn, worden niet geruild.'

'Ik vraag het u alleen maar...'

Hij legde zijn hand licht op mijn rug.

'Hou je ons voor de gek? Ben je gekomen om ons voor de gek te houden?'

'Waag het eens me aan te raken...'

'Nee, je houdt ons echt voor de gek... Schiet op, pak je spullen en je identiteitskaart. Wie heeft je gestuurd? Wat wil je? Zeg tegen degene die je stuurt dat hij hier zelf naartoe komt om zijn geld te innen. Dan zullen we wel eens zien! Trouwens, hier heb je mijn visitekaartje: Antonio Polledro, naam, adres en telefoonnummer. Ik ben òf hier òf thuis. Begrepen?'

Die toon kende ik heel goed. Meteen daarna zou hij me harder gaan duwen, en daarna zou hij me gaan slaan zonder enig aanzien des persoons, of ik nou een vrouw of een man was. Ik rukte het document met uitgekiende minachting uit zijn hand en om erachter te komen waardoor hij zo van streek was geraakt wierp ik een blik op de pasfoto van mijn moeder. Het lange haar dat op een barokke manier op het voorhoofd en rond het gezicht was geschikt, was zorgvuldig weggekrabd. Het wit dat om het hoofd was ontstaan, was met een potlood veranderd in vaag grijs. Met hetzelfde potlood had iemand lichtjes de lijnen van het gezicht verhard. De vrouw op de foto was niet Amalia: het was ik.

12

Ik ging naar buiten en sleepte mijn bagage mee. Ik merkte dat ik de identiteitskaart nog steeds in mijn hand hield en ik deed hem terug in het plastic hoesje, het visitekaartje van Polledro er onnadenkend tussen gestoken. Ik liet het in de zak glijden en keek om me heen, versuft, maar blij dat oom Filippo inderdaad op de hoek op me was blijven wachten.

Ik had er al gauw spijt van. Hij zette grote ogen op en sperde zijn mond wijd open, waarmee hij zijn weinige tanden liet zien, lang en geel van de nicotine. Hij was verbaasd, maar de verbazing ging al snel over in irritatie. Ik had niet meteen door waarom. Toen besefte ik dat de jurk die ik aan had de oorzaak was. Ik dwong mezelf te glimlachen, uiteraard om hem tot bedaren te brengen maar ook om me van de indruk te ontdoen dat ik de controle over mijn gezicht kwijt was, dat mijn gezicht slechts een aanpassing van Amalia's gezicht was.

'Staat het me slecht?' vroeg ik.

'Nee', zei hij boos, duidelijk liegend.

'Wat is er dan?'

'We hebben gisteren je moeder begraven', klaagde hij veel te luid.

Om hem te ergeren wilde ik verklappen dat de jurk juist van Amalia was, maar net op tijd realiseerde ik me dat ik vooral mezelf ergernis zou bezorgen: hij zou beslist weer tekeergegaan zijn tegen zijn zus. Ik zei: 'Ik zat in de put en wilde een cadeautje kopen voor mezelf.'

'Jullie vrouwen zitten veel te gauw in de put', viel hij uit, met dat 'veel te gauw' meteen alweer vergetend wat hij mij zojuist had helpen herinneren: dat we mijn moeder net hadden begraven en dat ik een goede reden had om in de put te zitten.

Overigens zat ik helemaal niet in de put. Ik voelde me daarentegen alsof ik mezelf ergens had achtergelaten en niet meer kon terugvinden: gespannen, dat wil zeggen, ik bewoog te snel en amper gecoördineerd, met de haast van iemand die overal aan het zoeken is en geen tijd te verliezen heeft. Ik bedacht dat een kop kamillethee me goed zou doen en duwde oom Filippo de eerste de beste bar in die we tegenkwamen op Via Scarlatti, terwijl hij over zijn vrouw begon te praten die inderdaad altijd triest was: een harde, goede werkster, attent, netjes, maar triest. De benauwde ruimte had op mij echter de uitwerking van een dot watten in je mond. De sterke geur van koffie en de te luide stemmen van de klanten en de barmannen joegen me weer naar de uitgang, terwijl mijn oom al met zijn hand in de binnenzak van zijn jas stond te gillen: 'Ik betaal!' Ik ging aan een tafeltje op het trottoir zitten, tussen het gepiep van remmen, de geur van naderende regen en benzine, uitpuilende bussen die stapvoets vooruitkwamen en mensen die gehaast voorbijliepen en tegen het tafeltje stootten. 'Ik betaal', herhaalde oom Filippo wat zwakker, ook al hadden we nog niet eens besteld en twijfelde ik of er ooit een ober zou verschijnen. Toen ging hij er eens goed bij zitten en begon zichzelf te roemen: 'Ik ben altijd heel geestkrachtig geweest. Geen geld? Geen geld. Geen arm? Geen arm. Geen vrouwen? Geen vrouwen. Het belangrijkste zijn je mond en je benen: om te praten wanneer je wilt en om te gaan waar je wilt. Heb ik gelijk of niet?'

'Ja.'

'Je moeder is ook zo. Wij zijn van een soort dat nooit de moed verliest. Toen ze klein was, deed ze zich voortdurend pijn, maar ze huilde nooit: onze moeder had ons geleerd dat we op de verwonding moesten blazen en moesten herhalen: het gaat zo over. Ook toen ze al werkte en ze zich weleens aan een naald prikte, had ze die gewoonte overgehouden om te zeggen: het gaat zo over. Eén keer boorde de naald van de Singer door de nagel van haar wijsvinger, kwam er aan de andere kant weer uit, ging weer omhoog en ging er opnieuw doorheen, drie of vier keer. Nou, zij zette het pedaal stil en bewoog het toen weer een heel klein beetje om de naald eruit te krijgen, ze verbond haar vinger en ging weer aan het werk. Ik heb haar nooit triest gezien.'

Meer hoorde ik niet. Ik had het idee dat ik met mijn nek in de etalageruit achter me zonk. En de rode muur van de Upim tegenover me leek nieuwe verf, net uitgewrongen. Ik liet de geluiden van Via Scarlatti zo hard aanzwellen dat ze zijn stem overtroffen. Ik zag zijn lippen bewegen, van opzij, geluidloos: het leek wel of ze van rubber waren en met twee vingers van binnenuit werden bewogen. Hij was zeventig jaar oud en had geen enkele reden om tevreden te zijn over zichzelf, maar hij deed zijn best om het toch te zijn en misschien was hij het ook echt als hij dat onophoudelijke gepraat in gang zette dat razendsnel werd gearticuleerd door de onmerkbare bewegingen van zijn lippen. Even dacht ik met afschuw aan mannen en vrouwen als levende wezens, en ik stelde me het werk van een graveernaald voor die ons polijstte als ivoren figuren, zodat we geen openingen en geen uitstulpingen meer hadden, allemaal identiek en zonder identiteit, geen enkel spel met lichamelijke kenmerken, niks geen schaalverdeling van kleine verschillen.

Die verwonde vinger van mijn moeder, met een naald doorboord toen ze nog geen tien jaar oud was, kende ik beter dan mijn eigen vingers, juist dankzij dat detail. Hij was paars en de nagel leek wat in te zakken bij het maantje. Ik had er lange tijd aan willen likken en zuigen, langer dan aan haar tepels. Misschien had ze het me toen ik nog heel klein was laten doen zonder zich terug te trekken. Op de vingertop zat een wit litteken: er was infectie opgetreden, ze hadden erin gesneden. Ik rook de geur van haar oude Singer eromheen, met die elegante vorm van een dier, half hond half kat, de geur van de band van gebarsten leer die de bewegingen van het pedaal overbracht van het grote wiel op het kleine, de naald die op en neer ging uit de bek, de draad die door de neusgaten en de oren liep, het klosje dat ronddraaide om de spil die op de rug was vastgezet. Je proefde de smaak van de olie die nodig was om hem in te vetten, de zwarte smurrie van vet vermengd met stof die ik met mijn nagel wegkrabde en stiekem opat. Ik was van plan om zelf ook mijn nagel te doorboren, om haar te laten weten dat het gevaarlijk was om mij te ontzeggen wat ik niet had.

Er waren verhalen te over van haar talloze, minuscule afwijkingen die haar onbereikbaar maakten, en die er allemaal bij elkaar voor zorgden dat ze een begerenswaardig wezen was voor de buitenwereld, tenminste even begerenswaardig als ze voor mij was. Er was een tijd geweest dat ik erover had gefantaseerd om die bijzondere vinger van haar af te bijten, omdat ik niet de moed vond om de mijne aan te bieden aan de mond van de Singer. Datgene wat van haar was en mij niet was gegund, wilde ik van haar lichaam verwijderen. Dan zou niets meer zonder mij verdwijnen of zoekraken, omdat eindelijk alles al verloren was gegaan.

Nu ze dood was, had iemand haar haar weggekrabd en haar gezicht vervormd om haar in mijn lichaam te veranderen. Dat gebeurde nadat ik jarenlang, uit haat, uit angst, alles wat in haar geworteld was had willen kwijtraken, tot de meest diepgewortelde dingen toe: haar gebaren, haar stembuigingen, de manier waarop ze een glas vastpakte of waarop ze uit een kopje dronk, hoe ze een rok aandeed, en hoe een jurk, de plaats van de voorwerpen in de keuken, in de laden, de manier waarop ze gewoon was haar intieme delen te wassen, welk eten ze lekker vond, waar ze van walgde, wat ze leuk vond, en verder haar taal, haar stad, haar ademhalingsritme. Alles veranderd, om ik te worden en me los te maken van haar.

Aan de andere kant had ik niet gewild of was ik er niet in geslaagd een andere persoon in mij te laten wortelen. Over enige tijd zou ik zelfs de mogelijkheid kwijtraken om kinderen te krijgen. Geen enkel menselijk wezen zou zich ooit van mij losmaken met de vertwijfeling waarmee ik mezelf van mijn moeder had losgemaakt, alleen omdat ik er nooit in geslaagd was me voorgoed aan haar te binden. Er zou niks meer en niks minder zijn tussen mij en een ander feit van mij. Ik zou voor altijd ik blijven, ongelukkig, ontevreden over datgene wat ik heimelijk buiten het lichaam van Amalia had gesleept. Klein, te klein was de buit die ik van haar had kunnen roven door hem aan haar bloed, haar buik en de maat van haar ademhaling te ontrukken, en die ik vervolgens had verstopt in mijn lichaam, in de grillige massa van mijn hersenen. Niet genoeg. Wat een onnozele, achteloze opsmuk was het geweest om die verplichte vlucht uit een vrouwenlichaam te willen definiëren als 'ik', terwijl ik er nog minder dan niets uit had meegenomen! Ik was geen enkele ik. En ik was stomverbaasd: ik wist niet of datgene wat ik ontdekte en mezelf vertelde, vanaf het moment dat zij niet meer bestond en niets meer kon weerleggen, me meer afschuw bezorgde of juist meer genoegen.

13

Misschien schrok ik op door de regen op mijn gezicht. Of omdat oom Filippo, die naast me stond, met zijn enige hand aan mijn arm schudde. Feit is dat het was alsof ik een elektrische schok kreeg en ik besefte dat ik in slaap gevallen was.

'Het regent', mompelde ik terwijl mijn oom heftig aan me bleef rukken. Hij gilde apoplectisch maar ik kon niet begrijpen wat hij zei. Ik voelde me zwak en geschrokken, ik kon niet opstaan. De mensen kwamen aanrennen, op zoek naar beschutting. De mannen schreeuwden of lachten en al rennend stootten ze hard tegen ons tafeltje aan. Ik vreesde dat ze me zouden meesleuren. Eén man liet de stoel waarop oom Filippo even tevoren nog had gezeten een meter opzij vliegen. 'Wat een heerlijk seizoen', zei hij en ging de bar in.

Ik probeerde op te staan omdat ik dacht dat mijn oom me omhoog wilde trekken. Maar hij liet mijn arm los, wankelde tussen de mensen door en begon wonderbaarlijke beledigingen te schreeuwen vanaf de rand van de stoep, terwijl hij met uitgestrekte arm naar de overkant van de straat wees, achter de opstopping van auto's en bussen waar de regen op trommelde.

Ik richtte me op en sleepte de zak en de tas achter me aan. Ik wilde zien met wie hij het aan de stok had, maar het verkeer vormde een dichte muur van blik en het begon steeds harder te regenen. Dus schuifelde ik langs de wand van het gebouw om niet drijfnat te worden en probeerde intussen een kier te vinden tussen de geblokkeerde bussen en auto's. Toen ik daarin slaagde, zag ik Caserta tegen de rode vlek van de Upim. Hij liep voorover gebogen maar wel snel, terwijl hij zich voortdurend omdraaide alsof hij bang was dat hij werd achtervolgd. Hij botste tegen de voorbijgangers op maar hij scheen het niet te beseffen en hij ging ook niet langzamer lopen: krom, met hangende armen, draaide hij bij elke botsing zonder stil te staan om zijn as, als een pop op een spil die door een of ander geheimzinnig mechanisme snel over de straatstenen gleed. Van veraf leek het of hij zong en danste, maar misschien was hij alleen aan het schelden en maakte hij daarbij gebaren.

Ik versnelde mijn pas om hem niet uit het oog te verliezen, maar omdat alle voetgangers waren samengedromd in portieken, in de inhammen van winkels, onder kroonlijsten of balkons, was ik om sneller vooruit te komen al gauw gedwongen elke poging tot schuilen op te geven en in de regen te gaan lopen. Ik zag Caserta springen om planten en vazen met bloemen op de stoep voor een bloemist te ontwijken. Hij slaagde er niet in, struikelde en liep tegen een boomstronk aan. Hij stond even stil alsof hij tegen de schors was geplakt, rukte zich toen los en begon weer te rennen. Hij was bang voor ik weet niet wat. Ik stelde me voor dat hij mijn oom had gezien en weg wilde rennen. Misschien herhaalden de twee oudjes voor de lol een scène die ze toen ze jong waren al eens hadden meegemaakt: de een achtervolgde, de ander vluchtte. Ik bedacht hoe ze elkaar op de natte plaveien in de haren zouden vliegen en alle kanten op zouden rollen. Ik wist niet goed hoe ik zou reageren, wat ik zou doen.

Op het kruispunt van Via Scarlatti met Via Luca Giordano merkte ik dat ik hem was kwijtgeraakt. Ik zocht om me heen naar oom Filippo, maar die zag ik ook niet meer. Toen stak ik Via Scarlatti over, die nu één groot vraagteken van stilstaande voertuigen was tot aan Piazza Vanvitelli, en ik rende terug over het andere trottoir, tot aan de eerste zijstraat. Het donderde zonder te bliksemen, en de donderslagen klonken als het droge verscheuren van een lap stof. Ik zag Caserta onderaan Via Merliani, gegeseld door de regen onder het blauw-rode metaal van een groot uithangbord, tegen de witte muur van Villa Floridiana. Ik rende achter hem aan maar plotseling stapte er een jongen uit de beschutting van een portiek, greep lachend mijn arm vast en zei in dialect: 'Waar ga je naartoe? Ik zal je wel afdrogen!' Hij rukte zo hard dat mijn sleutelbeen pijn deed en ik met mijn linkerbeen uitgleed. De enige reden dat ik niet viel was dat ik tegen een vuilnisbak aan klapte. Ik hervond mijn evenwicht en wrong me krachtig los terwijl ik tot mijn eigen verbazing in het dialect stond te schelden. Toen ook ik de ommuring van het park bereikte, was Caserta bijna bovenaan de weg, op enkele meters van het kabeltreinstation dat verbouwd werd.

Ik stond stil, met mijn hart in mijn keel. Ook hij liep nu zonder te rennen langs de rij platanen, tussen de auto's die aan de rechterkant geparkeerd stonden. Hij strompelde moeizaam voort, nog steeds voorover gebogen, met een uithoudingsvermogen in zijn benen dat je niet zou verwachten bij een man van zijn leeftijd. Toen het leek alsof hij echt niet meer kon, leunde hij hijgend tegen de omheining van een bouwplaats. Ik zag hoe hij zijn lichaam verdraaide, en in die houding leek het alsof er uit zijn witte hoofd een buis van de steiger stak waarop een bord was bevestigd met de tekst: 'Werkzaamheden in verband met de afbraak en herbouw van station Piazza Vanvitelli – Kabeltrein van Chiaia.' Ik wist zeker dat hij niet meer de kracht zou hebben om van zijn plaats te komen, toen hij weer door iets werd opgeschrikt. Daardoor klapte hij met zijn rug tegen het hek, alsof hij dat wilde vernielen en door het gat wilde ontsnappen. Ik keek naar links om te zien van wie hij zo schrok: ik hoopte dat het mijn oom was. Die was het niet. In de regen, komend uit Via Bernini, rende daarentegen Polledro, de man van de Vossi-winkel. Hij schreeuwde iets tegen hem, en de ene keer gebaarde hij dat hij moest stoppen en de andere keer zwaaide hij dreigend met geopende hand.

Caserta sprong van de ene op de andere voet en keek om zich heen op zoek naar een vluchtweg. Het leek alsof hij terug wilde rennen, omlaag door Via Cimarosa, maar hij zag mij. Toen maakte hij zich niet meer druk, hij bracht zijn spierwitte haar in orde en leek plotseling bereid om zowel Polledro als mij het hoofd te bieden. Hij gleed met zijn rug langs de omheining van de bouwplaats en vervolgens tegen een geparkeerde auto. Ook ik begon weer te rennen, alleen om Polledro over het metaalachtige grijs van het plaveisel te zien bewegen alsof hij schaatste, een massieve en toch behendige figuur tegen het trapezium van gele ijzeren stangen dat bij de ingang van Piazza Vanvitelli was geplaatst. Maar op dat moment verscheen mijn oom weer ten tonele. Hij kwam tevoorschijn uit een snackbar waar hij blijkbaar had geschuild. Hij had mij zien aankomen en nu rende hij me stijf tegemoet, met snelle stapjes in de regen. De man van Vossi zag hem ineens voor zich en liep onvermijdelijk tegen hem op. Na de botsing pakten ze elkaar vast en probeerden elkaar te helpen om overeind te blijven staan, en zo draaiden ze samen rond om een punt van evenwicht te vinden. Caserta profiteerde ervan door zich in het witte licht van Via Sanfelice te storten, in een glinsterende regen, in de menigte die bij de ingang van de kabeltrein stond te schuilen.

Ik verzamelde de weinige krachten die ik nog over had en rende achter hem aan, een benauwende ruimte in, modderig door de regen, grijs van de kalk. De kabeltrein stond op het punt te vertrekken en de passagiers duwden elkaar in de richting van de stempelautomaten. Caserta was daar al voorbij en liep het trapje af, maar hij stond vaak stil en rekte zijn hals uit om achter zich te kijken, waarna hij zijn rood aangelopen gezicht plotseling naar degene naast hem boog om iets te fluisteren. Of misschien praatte hij in zichzelf, maar dan met een stem die hij geforceerd gedempt probeerde te houden, terwijl hij zijn rechterhand op en neer zwaaide met drie gestrekte vingers en de duim en wijsvinger op elkaar. Enkele tellen lang wachtte hij tevergeefs op een antwoord. Ten slotte liep hij door.

Ik stempelde een kaartje af en haastte me ook naar de twee gele, verlichte wagons. Ik had niet kunnen zien in welke van de twee hij was gestapt. Ik liep tot halverwege de tweede wagon zonder dat ik hem bespeurde en besloot toen in te stappen, me een weg banend door de menigte passagiers. Er hing een drukkende lucht die zweet vermengde met de geur van natte stoffen. Ik zocht om me heen naar Caserta. In plaats daarvan zag ik Polledro die met twee treden tegelijk van het trapje af kwam, gevolgd door mijn oom die ik weet niet wat tegen hem riep. Ze konden nog net in de eerste wagon springen voordat de deuren dicht gingen. Na enkele seconden verschenen ze voor de rechthoekige ruit die op mijn wagon uitkeek: de man van Vossi keek woedend om zich heen en mijn oom trok hem aan zijn arm. De kabeltrein zette zich in beweging.

14

Het waren nieuwe voertuigen, heel wat anders dan de wagens die in gebruik waren toen ik klein was. Daarvan was alleen de vorm overgebleven, die van een parallellepipedum dat door een heftige frontale botsing helemaal achterover was geklapt. Maar toen de kabeltrein begon af te dalen in de schuine put die voor hem lag, herkende ik het gepiep, de trillingen en de schokken. Toch gleden de wagens, hangend aan stalen kabels, over de helling met een snelheid die weinig had uit te staan met de rustgevende traagheid van weleer, af en toe onderbroken door schokken en verzakkingen. Ik had het idee dat het voertuig was veranderd van een behoedzame sonde onder de huid van de heuvel in een ruwe injectie in de aderen. En geërgerd voelde ik de herinnering vervagen aan die prettige reisjes met Amalia, toen ze al geen handschoenen meer maakte en me meenam om de welgestelde klanten uit de Vomero de jurken te brengen die ze voor hen genaaid had. Ze zag er mooi en verzorgd uit, om niet minder dame te lijken dan degenen voor wie ze werkte. Ik was echter mager en vies, tenminste, zo voelde ik me. Ik zat naast haar op de houten zitting, met op mijn knieën, netjes neergelegd zodat het niet verkreukelde, de jurk waaraan zij aan het werk was of die ze net af had, gehuld in verpakkingspapier dat aan de uiteinden met spelden was vastgezet. Het pakket lag op mijn benen en mijn buik als een hoes die de geur en de warmte van mijn moeder bevatte. Ik voelde het in elke millimeter huid die het papier beroerde. En dat contact bezorgde me destijds een weemoedige loomheid die tot uitdrukking kwam in de schokken van de wagen.

Op dit moment had ik echter alleen maar het idee dat ik omlaagzakte als een oud geworden Alice die achter het witte konijn aanzit. Daarop reageerde ik door me van de deur los te maken en mezelf te dwingen naar het midden van het voertuig te gaan. Ik bevond me in het hooggelegen deel van de wagon, in het tweede vak. Ik probeerde me een weg te banen, maar de passagiers bekeken me geërgerd, alsof mijn uiterlijk iets weerzinwekkends had, en ze duwden me vijandig terug. Ik kwam met moeite vooruit en gaf het toen op en keek om me heen of ik Caserta zag. Ik ontwaarde hem achterin, in het laatste vak, waar veel staanplaatsen waren. Hij stond tegen de rug van een heel schuchter meisje van een jaar of twintig. Ik zag hem van opzij, net zoals ik het meisje van opzij zag. Hij leek een kalme heer van eerbiedwaardige ouderdom, bezig de krant te lezen die grijs zag van de regen. Hij hield hem met zijn linkerhand vast, in vieren gevouwen, en met zijn rechterhand hield hij zich vast aan de stang van gepolijst metaal. Maar al gauw realiseerde ik me dat hij meeging met de schommelingen van de wagen en dat hij steeds dichter tegen het lichaam van de jonge vrouw aan ging staan. Nu hield hij zijn rug gebogen, zijn benen een beetje uit elkaar, zijn buik tegen haar billen aan. Er was geen enkele rechtvaardiging voor die aanraking. Ondanks de drukte had hij genoeg ruimte achter zich om gepaste afstand te houden. Maar zelfs toen het meisje zich met nauwelijks ingehouden woede omdraaide en zich toen een heel klein beetje naar voren perste, gaf de oude man niet op. Hij wachtte enkele seconden voordat hij de verloren centimeters weer terugwon, toen bereikte hij opnieuw de stof van haar blauwe spijkerbroek. Hij ontving een timide elleboog in zijn ribben maar bleef onverstoorbaar doen alsof hij las, hij drukte zelfs met grotere vastberadenheid zijn buik tegen haar aan.

Ik draaide me om en zocht mijn oom. Ik zag hem in de andere wagon geconcentreerd staan kijken, met open mond. Polledro, naast hem in de drukte, sloeg tegen het raam. Misschien wilde hij de aandacht van Caserta trekken. Of die van mij. Hij zag er niet meer zo irritant uit als ik hem in de winkel had gezien. Hij leek een vernederd, bang jongetje dat gedwongen werd om achter een raam toe te kijken bij een schouwspel dat hem pijn deed. Ik keek verward van hem naar Caserta. Ik had het idee dat ze dezelfde mond hadden, van rood plastic, stijf van de spanning. Maar ik kon die indruk niet bevestigen. De kabeltrein hield schommelend stil en ik zag dat het meisje zich bijna hollend naar de uitgang bewoog. Alsof hij aan haar vastgeplakt zat volgde Caserta haar met gebogen lendenen en gespreide benen, tot verbazing en onder nerveus gelach van zijn medereizigers. De jonge meid sprong uit de wagon. De oude man aarzelde even, hernam zich en keek op. Ik dacht dat hij dat deed omdat hij werd teruggeroepen door de inmiddels woeste bonzen van Polledro. Maar alsof hij al die tijd precies had geweten waar ik stond, pikte hij me meteen uit de menigte, die nu met afkeurend gemompel naar hem stond te wijzen, en wierp me een vrolijke, knipogende blik toe, om me te laten weten dat de pantomime die hij uitvoerde met mij te maken had. Toen schuifelde hij plotseling uit de wagen, als een opstandige acteur die heeft besloten niet langer het script te volgen.

Ik zag dat ook Polledro wilde uitstappen. Ik op mijn beurt probeerde ook bij de deur te komen, maar ik was ver verwijderd van de uitgang en werd teruggeduwd door de stroom van de mensen die instapten. De kabeltrein zette zich weer in beweging.

Ik keek omhoog en zag dat ook de man van Vossi het niet had gered. Maar oom Filippo wel.

15

Het is moeilijk om in de gezichten van oude mensen de gelaatstrekken terug te vinden die ze hadden toen ze jong waren. Soms kunnen we ons zelfs niet eens voorstellen dat ze ooit jong zijn geweest. Ik besefte, terwijl de kabeltrein omlaag zakte, dat ik zojuist, toen ik mijn blik van Polledro naar Caserta en weer terug had laten gaan, een derde man had samengesteld die niet Caserta en ook niet Polledro was. Het was een jonge man, olijfkleurige huid, zwart haar, een kameelharen overjas. Dat ectoplasma, dat onmiddellijk was vervlogen, was het resultaat van het verglijden van somatische kenmerken, alsof mijn blik een toevallige vermenging had veroorzaakt van Caserta's jukbeenderen en die van de uitsmijter van de Vossi-winkel, van de mond van de een en die van de ander. Ik vermaande mezelf. Ik had te veel dingen gedaan die ik niet moest doen: ik was gaan rennen, ik had mezelf hartkloppingen gegeven, ik was veel te koortsachtig bezig geweest. Ik probeerde tot bedaren te komen.

Enkele minuten later verscheen het station van Chiaia, een betonnen bunker, zwak verlicht. Ik liep vast naar de deur om uit te stappen, maar ik voelde me nog niet rustig. Amalia, binnen in mijn hoofd, keek nu op haar beurt naar die zonderlinge somatische compositie die ik kort daarvoor had verkregen. Ik legde me erbij neer. Ze stond daar stil, drammerig, in een hoek van het oude station van veertig jaar geleden. Ik plaatste haar duidelijker op de achtergrond, alsof ik met een legpuzzel bezig was waarvan de details nog niet herkenbaar waren: ik zag alleen het loshangende haar, en haar donkere profiel voor drie gekleurde houten figuren die daar misschien gestaan hadden, iets minder dan een halve eeuw geleden, om reclame te maken voor kleding. Intussen stapte ik uit de wagon en werd ik zowat het trapje op geduwd door de ongeduldige passagiers. Ik had het ijskoud, ondanks de lucht die drukkend warm was als in een broeikas of een catacombe.

Nu was Amalia echt helemaal zichtbaar, jong en lenig, in de hal van een station dat er niet meer was, net als zij. Ik stond stil om haar de tijd te gunnen zich te vergapen aan de figuren: misschien een elegant paar met een wolfshond aan de riem. Ja. Ze waren van karton en hout, twee meter hoog, minder dan een centimeter dik, met steunpalen achter hun rug. Ik nam mijn toevlucht tot willekeurig gekozen details om ze te kleuren en te kleden. Ik meende dat de man een jas en broek in een Prince de Galles-ruitje droeg, een kameelharen overjas, een gehandschoende hand die een andere handschoen vasthield, vilten hoed en goed geschoeid. De vrouw droeg misschien een donker mantelpakje en een lange sjaal van blauwe stof, met een gehaakt net in zachte kleuren eroverheen: ze had een verenhoed op haar hoofd, en ondoorgrondelijke ogen achter haar voile. De wolfshond zat op zijn achterpoten, met gespitste oren, dicht tegen de benen van zijn baas aan. Ze zagen er alle drie vrolijk en blij uit in de hal van het station, die destijds grijs en stoffig was, en in tweeën gedeeld door een zwart traliehek. Op enkele stappen van hen verwijderd vielen van bovenaf grote lichtbundels tussen de trappen neer, die het groen (of het rood?) van de kabeltrein lieten schitteren wanneer hij langzaam uit de tunnel in de heuvel gleed.

Ik liep de trap af naar de slagbomen van het automatische hek. Toen gebeurde alles in een heel kort tijdsbestek dat vreemd genoeg wel werd uitgerekt. Polledro pakte lomp mijn hand vast, net onder de pols. Ik wist zeker dat hij het was, nog voor ik me omdraaide. Ik hoorde dat hij me vroeg stil te staan. Dat deed ik niet. Hij zei dat we elkaar goed kenden, dat hij de zoon van Nicola Polledro was. Toen voegde hij eraan toe, voor het geval die informatie niet genoeg was om me tegen te houden: 'De zoon van Caserta.'

Ik stond stil. Ik liet ook Amalia met halfopen mond voor die figuren staan, de lippenstift had afgegeven op haar witte tanden, en ze weifelde tussen een ironische opmerking of een uitroep van verbazing. Het echtpaar van hout en karton liet zich koeltjes bewonderen, links onderaan de trap. Ik, die het gevoel had dat ik naast haar stond ook al kon ik mezelf niet zien, dacht dat die meneer en mevrouw de afbeeldingen waren van de eigenaren van de kabeltrein. Mensen die van ver kwamen: ze waren zo anders, het was zo duidelijk dat ze er niet bij hoorden, hun magische verzameling was zo afwijkend dat het leek of ze uit een ander land kwamen. Waarschijnlijk beschouwde ik ze, veertig jaar geleden, als een mogelijkheid om te vluchten, het bewijs dat er andere plekken waren waar we naartoe konden gaan, Amalia en ik, als we wilden. Ik wist zeker dat mijn moeder ook zo geconcentreerd stond te kijken om te bestuderen hoe ze met mij zou kunnen vluchten. Maar later kreeg ik het vermoeden dat ze daar om andere redenen bleef staan: misschien alleen om de kleding van de vrouw te bestuderen, en haar lichaamshouding. Waarschijnlijk wilde ze dat namaken in de kleren die ze naaide. Of leren hoe zij zichzelf zo kon kleden, en zo ongedwongen kon staan, wachtend op de kabeltrein. Met pijn voelde ik, vele jaren later, dat ik daar, in die hoek van dat station, op geen enkele manier in staat was geweest haar gedachten te denken vanuit haar binnenste, vanuit haar ademhaling. Toen al kon haar stem alleen maar tegen me zeggen: doe dit, doe dat; maar ik kon geen deel meer uitmaken van de holte die die geluiden bedacht en die besliste welke in de buitenwereld zouden klinken en welke geluiden zonder geluid zouden blijven. Dat deed me verdriet.

De stem van Polledro kwam als een flinke duw tegen die pijn aan. De hal van veertig jaar geleden kreeg een schok. De figuren bleken van gekleurde stofdeeltjes te zijn en losten op. Na vele jaren was zo'n kleding en een dergelijke houding van de wereld verdwenen. Het echtpaar was samen met de hond verwijderd alsof ze, nadat ze tevergeefs hadden gewacht, boos waren geworden en hadden besloten terug te keren naar hun kasteel van wie weet waar. Ik was mijn best aan het doen om Amalia stil te laten staan voor iets dat er niet meer was. Bovendien besefte ik, net voordat Polledro ophield met praten, dat ik de dingen door elkaar gehaald had, dat het donkere mantelpakje en de sjaal van de kartonnen vrouw niet van haar waren maar van mijn moeder. Amalia was degene geweest die zich zo elegant kleedde, lang geleden, alsof ze een belangrijke afspraak had. Nu stond ze met halfopen mond, haar tanden ietwat gekleurd door de lippenstift, niet naar die figuren te staren maar naar hem, de man met de kameelharen overjas. En de man praatte tegen haar, en zij antwoordde, en dan praatte hij weer, maar ik begreep niet wat ze tegen elkaar zeiden.

Polledro praatte op innemende toon tegen me om me te dwingen naar hem te luisteren. Ik keek hem verrukt aan, maar ik kon hem geen aandacht schenken. Onder zijn weldoorvoede gelaatstrekken had hij het gezicht van zijn vader toen die jong was, en ongewild hielp hij me over Caserta te vertellen die mijn moeder ontmoette in de afgebroken ruimte van het station van Chiaia. Ik schudde mijn hoofd en Polledro dacht waarschijnlijk dat ik hem niet geloofde. In werkelijkheid had ik juist geen vertrouwen in mezelf. Hij herhaalde weer: 'Ik ben het, Antonio, de zoon van Caserta.' Ik merkte dat ik van die figuren van hout en karton in feite alleen een idee van vreemde landen en gebroken beloftes had bewaard. Ze glansden als schoenen die met Brill waren ingewreven, maar hadden geen details meer. Het konden net zo goed reclameborden zijn geweest van twee mannen, of van twee vrouwen; het kon zijn dat er helemaal geen hond bij was; ze konden gras onder hun voeten hebben gehad of plaveien; en ik herinnerde me niet eens meer waar ze reclame voor maakten. Ik wist het niet meer. De details die ik had opgegraven – nu wist ik het zeker – hoorden niet bij hen: ze waren enkel het resultaat van een rommelige verzameling van kleren en gebaren. Het enige wat ik nu helder voor me zag was dat mooie jonge gezicht, olijfkleurig, met zwart haar, een verschuiving van de gelaatstrekken van zoon Polledro over een schaduwbeeld dat vader Polledro was geweest. Caserta praatte vriendelijk tegen Amalia en hield de hand van zijn zoon Antonio vast, die net zo oud was als ik; en mijn moeder hield mij vast, vast en zeker zonder zich bewust te zijn van mijn hand in de hare. Ik herkende de mond van Caserta die snel bewoog, en ik zag zijn rode tong die werd tegengehouden door de tongriem zodat hij niet nog verder naar Amalia toe kon flitsen dan hij al probeerde. Ik besefte dat in mijn hoofd de kartonnen man van de kabeltrein de kleren van Caserta had gedragen, en dat zijn partner de kleren van mijn moeder had aangehad. De verenhoed met voile had een lange reis afgelegd, afkomstig van god weet welke bruiloft, voordat hij daar terechtkwam. Ik wist niet wat er met de sjaal was gebeurd, maar ik wist wel dat hij jarenlang om de hals en langs een schouder van mijn moeder had gehangen. Wat het mantelpakje betreft, dat was nog steeds hetzelfde pakje – genaaid, losgetornd, gekeerd – dat Amalia droeg toen ze de trein naar Rome nam om mijn verjaardag te komen vieren. Hoeveel dingen doorkruisen de tijd en maken zich onstuimig los van de lichamen en de stemmen van personen. Mijn moeder kende de kunst om kleren eeuwig mee te laten gaan.

Uiteindelijk zei ik tegen Polledro, hem verbazend vanwege mijn vriendschappelijk toon die hij niet verwacht had na zoveel zwijgende weerstand: 'Ik herinner het me heel goed. Je bent Antonio. Wat stom dat ik je niet meteen herkend heb. Je hebt nog dezelfde ogen als toen.'

Ik glimlachte om hem te tonen dat ik hem niet vijandig gezind was, maar ook om erachter te komen of hij vijandige gevoelens koesterde ten opzichte van mij. Hij staarde me stomverbaasd aan. Ik zag dat hij klaarstond om zich over me heen te buigen en me op mijn wangen te kussen, maar toen liet hij die gedachte varen alsof iets in mij hem afstootte.

'Wat is er?' vroeg ik aan de man van Vossi die, nu de spanning van de eerste toenadering was opgeheven, me ietwat ironisch aankeek, 'vind je mijn jurk niet meer mooi?'

Polledro twijfelde even en nam toen een besluit. Hij lachte en zei: 'Wat zie je eruit. Heb je jezelf gezien? Kom, zo kun je niet over straat.'

16

Hij dirigeerde me naar de uitgang, en daarna rennend naar de taxistandplaats. Onder het afdak van de metro stonden de mensen die door de regen verrast waren samengedromd. De hemel was zwart en de wind waaide hard en duwde een dun, dicht gordijn van water opzij. Polledro liet me instappen in een taxi die naar rook stonk. Hij praatte vlug en zeker, zonder ruimte over te laten voor mij, alsof hij ervan overtuigd was dat ik wel zeer geïnteresseerd moest zijn in datgene wat hij zei. Maar ik luisterde amper, ik kon me niet concentreren. Ik had het idee dat hij zomaar in het wilde weg zat te praten, met een krampachtig vertoon van ongedwongenheid die er alleen maar voor zorgde dat hij zijn spanning in bedwang kon houden. Ik wilde niet dat hij me ermee zou aansteken.

Met een zekere plechtigheid bood hij me namens zijn vader excuses aan. Hij zei dat die niet meer goed wist hoe hij zich moest gedragen: de ouderdom had zijn hersenen voorgoed beschadigd. Maar hij verzekerde me ogenblikkelijk dat de oude man niet gevaarlijk was en ook niets slechts in de zin had. Hij had geen vat meer op hem, dat wel: zijn vader had een gezond en sterk lichaam, hij was altijd op pad, het was onmogelijk om hem in bedwang te houden. Als hij genoeg geld van hem had kunnen jatten, verdween hij maandenlang. Ineens begon hij alle caissières op te noemen die hij had moeten ontslaan omdat ze door zijn vader waren omgekocht of bedrogen.

Terwijl Polledro praatte, nam ik de geur waar: niet de echte geur, de lucht van zweet en tabak die in de taxi hing; maar een verzonnen geur die voortkwam uit de lucht van het winkeltje van gebak en specerijen waar we vaak samen gespeeld hadden. Het winkeltje was van zijn grootvader en lag enkele blokken verwijderd van het gebouw waar mijn ouders woonden. Het uithangbord was van hout, blauw, en droeg het opschrift 'Koloniale waren' tussen een palmboom en een zwarte vrouw met heel rode lippen. Dat bord had mijn vader op zijn twintigste geschilderd. Hij had ook de toonbank in de winkel beschilderd, in een kleur die gebrande terrasiena werd genoemd en die de woestijn moest uitbeelden. In de woestijn had hij heel veel palmbomen gezet, twee kamelen, een man met tropenjas en laarzen, watervallen van koffie, Afrikaanse danseressen, een intens blauwe hemel en een maansikkel. Ik kon altijd gemakkelijk bij dat landschap komen. De kinderen leefden op straat, zonder toezicht: ik verliet de binnenplaats van ons huis, ging de hoek om, duwde tegen de deur, een houten deur met een ruit in het bovenste gedeelte en een diagonale metalen balk, en er rinkelde meteen een bel. Dan ging ik naar binnen en de deur viel achter me dicht. De punt was met stof bekleed, of misschien zat er rubber op, om te voorkomen dat de deur met lawaai dichtsloeg. De lucht rook naar kaneel en room. Op de drempel stonden twee zakken met opgerolde randen, boordevol koffiebonen. Hoger, bovenop het marmer van de toonbank, stonden van die bewerkte glazen bussen, met tekeningen in reliëf, met witte, blauwe en roze bruidssuikers, toffees, van die gekleurde suikerbolletjes die in je mond smolten zodat er een zoete vloeistof over je tong stroomde, drop in de vorm van zwarte stokjes, losse of opgerolde veters, een vis of een bootje. Terwijl de taxi worstelde met de wind, de regen, de overspoelde wegen en het verkeer, slaagde ik er niet in mijn afschuw voor de rode tong van Caserta, voor de spannende spelletjes met het jongetje Antonio, voor het geweld en het bloed dat daaruit voortvloeide, in verband te brengen met die weeë geur die Polledro in zijn adem had bewaard.

Nu probeerde hij zijn vader te verontschuldigen. Af en toe – zei hij – ergerde hij de mensen een beetje, maar je moest geduld hebben: zonder geduld kon je moeilijk leven in die stad. Bovendien veroorzaakte de oude niet veel schade. De grootste schade berokkende hij niet aan zijn medemensen, maar aan de Vossiwinkel als hij de klanten lastigviel. Dan steeg het bloed hem naar zijn hoofd en als hij hem in zijn handen had gehad, was er weinig voor nodig geweest om te vergeten dat het zijn vader was. Hij vroeg of ik me aan hem geërgerd had. Hoe was het mogelijk dat hij zich niet gerealiseerd had dat ik de dochter van Amalia was? Hij had er een paar minuten voor nodig gehad, de tijd om zijn gedachten op een rijtje te zetten: ik had geen idee hoe leuk hij het had gevonden om me weer te zien. Hij was achter me aan gerend maar ik was al weg. Hij had echter wel zijn vader gezien, en daardoor was hij buiten zinnen geraakt. Nee, dat begreep ik toch niet. Hij had het heden en de toekomst op het spel gezet, in de Vossi-winkel. Geloofde ik hem als hij me vertelde dat hij geen moment rust had? Maar zijn vader besefte niet wat een economische en emotionele investering hij in die zaak had gestopt. Nee, dat besefte hij niet. Hij kwelde hem door voortdurend om geld te vragen, hij bedreigde hem dag en nacht over de telefoon en hij viel zijn klanten expres lastig. Ik moest overigens niet denken dat hij altijd zo was als ik hem in de kabeltrein had gezien. Als het nodig was kon de oude heel goedgemanierd zijn, een echte heer, en dan hadden de vrouwen aandacht voor hem. Maar dan, als hij het over een andere boeg gooide, dan begon de ellende. Hij verloor een hoop geld dankzij zijn vader, maar wat kon hij eraan doen? Hem vermoorden?

Ik zei zonder veel overtuiging: ja, zeker, nee, kom nou. Ik was niet op mijn gemak. Mijn jurk was kletsnat. Ik had mezelf even gezien in de achteruitkijkspiegel van de taxi en ik had me gerealiseerd dat de regen het masker van de make-up had opgelost. Mijn huid leek een opengebarsten, verschoten weefsel, waar zwartblauwe stroompjes van de mascara overheen liepen. Ik had kou gevat. Ik was liever teruggegaan naar het huis van mijn oom, om te weten wat hem was overkomen, mezelf gerust te stellen, een warm bad te nemen, even languit te gaan liggen. Maar dat plompe lichaam dat naast me zat, opgezwollen door voedsel, door drank, door de zorgen en de wrok, dat binnen in zich begraven een jongetje met zich meedroeg dat geurde naar kruidnagel, kamille en nootmuskaat, en waarmee ik toen ik klein was stiekem had gespeeld, maakte me nieuwsgieriger dan de woorden die eruit kwamen. Ik achtte het uitgesloten dat hij me dingen kon vertellen die ik mezelf niet al had verteld. Daar rekende ik niet op. Maar toen ik die enorme handen zag, breed en gedrongen, en me de handen die hij als kind had gehad herinnerde, en wist dat het dezelfde waren ook al leken ze er in niets meer op, onthield ik me er zelfs van hem te vragen waar we heen gingen. Naast hem voelde ik me verkleind, met een oogopslag en een lichaamsbouw die al lang niet meer de mijne waren. Ik liep langs de woestijn die op de toonbank van de zaak met koloniale waren was geschilderd, deed een zwart gordijn opzij en liep een andere ruimte binnen, waar de woorden van Polledro niet doordrongen. Hier was zijn grootvader, de vader van Caserta, bruinverbrand, kaal maar met een donkere schedel, het wit van zijn ogen dat rood was, een langwerpig gezicht, weinig tanden in zijn mond. Verscheidene mysterieuze machines verdrongen zich rondom hem. Met één ervan, die heel langgerekt was, lichtblauw, en waar een glanzende stang doorheen liep, maakte hij ijsjes. Met een andere klopte hij gele room in een kuip waarin een mechanische arm ronddraaide. Achterin stond een elektrische oven met drie vakken, met donkere kijkgaatjes als hij uit was, en zwarte handvatten. En achter een marmeren werkbank stond de opa van Antonio, in zichzelf gekeerd, zwijgzaam, zeer vakkundig in een stoffen trechter te knijpen, zodat er room uit de getande mond kwam. De room liep over gebakjes en rondom taarten en liet een mooi gegolfd spoor achter. Hij negeerde me terwijl hij werkte. Ik voelde me aangenaam onzichtbaar. Ik doopte een vinger in de kuip met room, at een gebakje, nam een gekonfijt vruchtje, pikte zilveren bruidssuikers. Hij vertrok geen spier. Uiteindelijk kwam Antonio die me wenkte en, achter de rug van zijn opa, het deurtje van de kelder opende. Daaruit, uit die plek vol spinnen en schimmels, kwamen vaak, honderd keer achter elkaar en in een paar seconden tijd, Caserta met een kameelharen overjas en Amalia met een donker mantelpakje, soms met hoed en voile, soms zonder, tevoorschijn. Dat zag ik altijd en dan wilde ik mijn ogen sluiten.

'Alleen dit laatste jaar ging het goed met mijn vader', zei

Polledro op een toon van iemand die een beetje gaat overdrijven om de luisteraar voor zich te winnen. 'Amalia was zo aardig voor hem, zo vol begrip, dat had ik nooit verwacht.'

Het was wel zo – vervolgde hij op een andere toon – dat de oude man heel veel geld van hem gepikt had om zich als een modepop te kleden en goed voor de dag te komen bij mijn moeder. Maar over dat geld klaagde Polledro niet. Zijn vader had hem wel meer streken geleverd. En hij vreesde dat hij zich binnenkort nog grotere ellende op de hals zou halen. Nee, het was echt heel ongelukkig: Amalia had niet moeten doen wat ze had gedaan. Zich verdrinken. Waarom? Wat zonde, wat zonde. Haar dood was een vreselijke ramp geweest.

Op dat moment leek Polledro overrompeld te worden door de herinnering aan mijn moeder en begon hij zich te verontschuldigen dat hij niet naar de begrafenis was gekomen, dat hij me niet gecondoleerd had.

'Ze was een bijzondere vrouw', herhaalde hij meerdere malen, ook al hadden ze waarschijnlijk nooit een woord gewisseld. En toen vroeg hij me: 'Wist jij dat zij en mijn vader elkaar zagen?'

Ik antwoordde van wel, terwijl ik uit het raampje keek. Ze zagen elkaar. En ik zag me op het bed van mijn moeder liggen, terwijl ik stomverbaasd met een spiegel mijn vagina bekeek. Elkaar zien: Amalia had naar me gekeken, twijfelend, en had toen rustig de deur van de slaapkamer weer dichtgedaan.

Nu reed de taxi langs de grijze kustlijn vol verkeer: een opeengepakte, snelle stroom van verkeer, gegeseld door de regen en de wind. De zee maakte hoge golven. Als kind had ik zelden zo'n indrukwekkende branding gezien in de golf. Het leek op de simpele geschilderde overdrijvingen van mijn vader. De donkere golven richtten zich op, met witte koppen, en namen moeiteloos de hindernis van de rotsen, waarbij ze af en toe de plaveien besproeiden. Het schouwspel had groepjes nieuwsgierigen verzameld die, onder bossen van paraplu's, elkaar gillend de hoogste koppen aanwezen op het moment waarop die zich in duizenden deeltjes over de klippen heen slingerden.

'Ja, dat wist ik', herhaalde ik met grotere overtuiging.

Hij zweeg even, verwonderd. Toen begon hij weer en weidde uit over zijn leven: een vreselijk bestaan, een kapot huwelijk, drie kinderen die hij al een jaar niet gezien had, een hard leven. Nu pas begon hij er weer bovenop te krabbelen. En het ging hem goed af. En ik? Was ik getrouwd? Had ik kinderen? Hoezo niet? Wilde ik liever vrij en onafhankelijk zijn? Ik bofte maar. Nu zou ik me wat opknappen en dan zouden we samen lunchen. Hij moest een paar vrienden van hem ontmoeten maar als ik het niet vervelend vond, kon ik hem vergezellen. Hij had echter niet veel tijd, dat was nu eenmaal zo met winkels. Als ik geduld had, konden we later nog wat praten.

'Goed?' schoot het hem eindelijk te binnen om me te vragen.

Ik glimlachte tegen hem, mijn gezicht vergetend, en ik volgde hem de taxi uit, verblind door het water en de wind en gedwongen om snel te lopen door zijn hand die mijn arm omklemde. Hij duwde een deur open en joeg me voor zich uit als een gijzelaar, zonder zijn greep te verslappen. Ik bevond me in de hal van een hotel in vergane glorie, van stoffige en aangevreten weelde. Ondanks het kostbare hout en het rode fluweel kwam de plek miserabel op me over: te weinig licht voor een loodkleurige dag, een hevig geroezemoes van stemmen die dialect spraken, een gekletter van borden en bestek afkomstig uit de grote zaal links van mij, een komen en gaan van obers die wederzijds grofheden uitwisselden, een zware keukenlucht.

'Is Moffa er?' vroeg Polledro in dialect aan iemand bij de receptie. Die antwoordde hem met een droog gebaar dat wilde zeggen: nou en of hij er is; hij is er al een hele poos. Polledro liet me alleen en liep overijld naar de ingang van de zaal waar een banket plaatsvond. De man van de receptie maakte daar gebruik van door me een afkerige blik toe te werpen. Ik zag mezelf in een grote verticale spiegel in een vergulde lijst. Mijn dunne jurk zat tegen mijn lijf geplakt. Ik leek magerder en tegelijkertijd peziger. Mijn haren zaten zo aan mijn schedel geplakt dat het leek of ze erop getekend waren. Mijn gezicht leek verteerd te zijn door een vreselijke huidziekte, het was grijs van de mascara om de ogen en schilferig of vlekkerig op de jukbeenderen en de wangen. Aan mijn ene hand hing vermoeid de plastic zak met alles wat ik in mijn moeders koffertje had gevonden.

Polledro kwam geïrriteerd terug. Ik begreep dat hij te laat was door de schuld van zijn vader en misschien wel door mijn schuld.

'Wat moet ik nou?' zei hij tegen de man van de receptie.

'Ga zitten, eet wat en als de lunch is afgelopen praat je met hem.'

'Kun je niet een plaats aan zijn tafel voor me regelen?'

'Jij bent gek', zei de man. En sarcastisch legde hij uit, als iemand die algemeen bekende dingen vertelde aan mensen die traag van begrip waren, dat er aan de tafel van die Moffa professoren zaten, de rector, de burgemeester en de wethouder van cultuur met hun echtgenoten. Een plaats aan die tafel was ondenkbaar.

Ik keek het vriendje uit mijn jeugd aan: ook hij was kletsnat van de regen en verfomfaaid. Ik zag dat hij mijn blik gegeneerd beantwoordde. Hij was over zijn toeren, in zijn gezicht verschenen en verdwenen trekjes van het jongetje dat ik me herinnerde. Ik had medelijden met hem en daar was ik niet blij om. Ik liep naar de eetzaal om hem de kans te geven ruzie te maken met de man van de receptie zonder zich gedwongen te voelen om rekening te houden met mijn aanwezigheid.

Ik ging voor het raam staan dat uitzag op het restaurant, oppassend dat ik niet werd omvergelopen door de obers die heen en weer liepen. De harde stemmen en het gekletter van bestek leken mij van een ondraaglijk volume. Er was een soort openingslunch aan de gang, of misschien een afsluitende, van een of andere conferentie of congres. Er waren minstens tweehonderd personen. Ik werd getroffen door de duidelijke verschillen tussen de tafelgenoten. Sommigen waren bedaard, in gedachten verzonken, niet op hun gemak, de ene keer ironisch, dan weer toegeeflijk, over het algemeen van een sobere elegantie. Anderen waren opgewonden, druk bezig met eten en praten, en hun lijf was volgehangen met alles wat erop kon duiden dat ze bergen geld te spenderen hadden. Vooral de vrouwen gaven de verschillen tussen hun mannen duidelijk aan. Slanke lichamen gehuld in jurken van verfijnde makelij, heel zuinig gevoed en verlevendigd door beleefde glimlachjes, zaten naast uitstulpende lijven, geperst in jurken die even duur als opzichtig waren, kleurig en fonkelend van het goud en de edelstenen, chagrijnig zwijgend of kwetterend en lachend.

Van waar ik mij bevond was het moeilijk te bepalen door welk voordeel, welke medeplichtigheid, welke onwetendheid deze mensen die zo duidelijk verschillend waren, aan dezelfde tafel waren gebracht. Het interesseerde me trouwens ook niet. Het viel me alleen op dat de zaal een van die plaatsen leek waarvan ik als kind fantaseerde dat mijn moeder erheen holde zodra ze het huis uit was. Als Amalia op dat moment was binnengekomen met haar blauwe mantelpakje van jaren geleden, de smaakvol gekleurde sjaal en de hoed met voile, en met aan haar arm Caserta met zijn kameelharen jas, zou ze vast en zeker opzichtig haar benen over elkaar hebben geslagen en zou ze vrolijk haar ogen naar links en rechts hebben laten glinsteren. Naar dat soort feesten, vol voedsel en gelach, liet ik haar gaan wanneer ze zonder mij het huis verliet, en ik wist zeker dat ze nooit terug zou komen. Ik fantaseerde dat ze vol goud en zilver hing, dat ze mateloos zat te eten. Ik wist zeker dat ook zij, zodra ze buiten was, een lange rode tong uit haar mond stak. Ik huilde in het berghok naast de slaapkamer.

'Hij zal je nu de sleutel geven', zei Polledro van achter mijn rug, zonder zijn eerdere vriendelijkheid, zelfs onbeschoft. 'Knap jezelf een beetje op en kom dan bij me zitten, aan die tafel daar.'

Ik zag hem de zaal oversteken, langs een lange tafel schuiven en eerbiedig groeten naar een bejaarde man die heel luid zat te praten met een verzorgde, rustige dame met donkerblauw haar en een ouderwets kapsel. De groet werd genegeerd. Polledro keek woedend de andere kant op en ging toen zitten, met zijn rug naar me toe, aan een tafel waar een dikke man met een pikzwarte snor en een zwaar beschilderde vrouw met een strakke jurk die door het zitten te ver boven haar knieën was geschoven zwijgend en ongemakkelijk hun eten zaten te verorberen.

Ik vond het maar niks dat hij op die manier tegen me gepraat had. Het was een toon die orders gaf en geen weerwoord duldde. Ik wilde door de zaal heen lopen en tegen mijn voormalige speelkameraadje zeggen dat ik ervandoor ging. Maar ik werd tegengehouden omdat ik wist hoe ik eruitzag en door die uitdrukking: speelkameraadje. Wat voor spelletjes? Er waren spelletjes geweest die ik met hem had gespeeld alleen om te zien of ik ze net zo kon spelen als Amalia in mijn verbeelding stiekem deed. Mijn moeder zat de hele dag op de Singer te trappen, als een fietsster die op de vlucht was. Thuis gedroeg ze zich bescheiden en schuw en verborg ze haar hoeden, haar gekleurde sjaals, haar jurken. Maar ik vermoedde, precies zoals mijn vader, dat ze buitenshuis heel anders lachte, anders ademhaalde, de bewegingen van haar lichaam zodanig orkestreerde dat iedereen zijn ogen uitkeek. Ze ging de hoek om naar het winkeltje van Antonio's grootvader. Ze schuifelde om de toonbank heen, at gebakjes en verzilverde bruidssuikers, zigzagde zonder zich vuil te maken tussen de werkbanken en ovenplaten door. Dan kwam Caserta, hij opende het ijzeren deurtje en samen daalden ze af in de kelder. Daar liet mijn moeder haar lange zwarte haar loshangen, en met die plotselinge beweging vulde ze de donkere lucht die rook naar aarde en schimmel met vonken. Daarna gingen ze allebei met hun buik op de grond liggen en kropen giechelend vooruit. De kelder ontwikkelde zich namelijk als een lange, maar lage kruipruimte. Je kon er alleen op handen en voeten vooruitkomen, tussen puin van hout en ijzer, kisten vol oude flessen voor tomatenpuree, het gefladder van vleermuizen en het geritsel van muizen. Tijdens het kruipen hielden Caserta en mijn moeder de witte lichtplekken in de gaten, die regelmatig aan hun linkerkant verschenen. Het waren luchtgaten met negen tralies ervoor en afgeschermd met een rooster zodat de muizen er niet doorheen konden. Van buitenaf stonden de kinderen naar de duisternis en de lichtbronnen te kijken, waardoor de afdruk van het rooster op hun neus en voorhoofd achterbleef. Maar van binnenuit hielden zij hen weer in het oog, om er zeker van te zijn dat ze niet werden gezien. Als ze goed verstopt zaten op de donkerste plekken, raakten ze elkaar tussen de benen aan. Ondertussen zocht ik afleiding om niet te hoeven huilen, en aangezien de opa van Antonio geen aanstalten maakte om het me te verbieden maar zich juist op Amalia hoopte te wreken door mij mezelf te laten doodvreten, propte ik me vol met toffees en drop en met room van de bodem van de kuip waarin hij werd gemaakt.

'208, tweede verdieping', zei een bediende tegen me. Ik nam de sleutel aan en liet de lift voor wat hij was. Met langzame stappen liep ik omhoog over een brede trap, met een rode leuning die met vergulde stangen was vastgezet.

17

Kamer 208 was armetierig als die van een derderangs hotel. Hij bevond zich achter in een slecht verlichte gang zonder ramen. Aangrenzend lag een berghok dat slordig open was gelaten en vol stond met takkenbezems, karretjes, stofzuigers, vuil linnengoed. De wanden hadden een gelige kleur en boven het tweepersoonsbed hing een Madonna van Pompeji. Tussen de spijker en het metalen driehoekje dat de ingelijste afbeelding droeg, was een uitgedroogd olijftakje gestoken. Het sanitair, dat gezien de pretenties van het hotel verzegeld zou moeten zijn, was smerig alsof het pas nog gebruikt was. De prullenbak was niet geleegd. Tussen het tweepersoonsbed en de wand was een nauwe gang waardoor je bij het raam kon komen. Ik maakte het open, hopend dat het op de zee zou uitkijken: maar het had natuurlijk zicht op een binnenplaats. Ik zag dat het niet meer regende.

Als eerste probeerde ik te bellen. Ik ging op het bed zitten en vermeed in de spiegel tegenover me te kijken. Ik liet de telefoon langdurig overgaan, maar oom Filippo nam niet op. Toen rommelde ik in de plastic zak met de spullen die mijn moeder in haar koffertje had en haalde de poederkleurige satijnen peignoir en de zeer korte, blauwe jurk eruit. De jurk, die achteloos in de zak was gepropt, was helemaal verkreukeld. Ik legde hem op het bed en streek hem met mijn handen glad. Toen pakte ik de peignoir en ging naar de badkamer.

Ik kleedde me uit en verwijderde de tampon: mijn menstruatie was blijkbaar ineens afgelopen. Ik wikkelde de tampon in een stuk toiletpapier en gooide hem in de prullenbak. Ik controleerde de douchebak: er zaten walgelijke korte, zwarte haartjes tegen de randen aan. Ik liet het water een hele poos lopen voordat ik onder de straal ging staan. Tevreden merkte ik dat ik de drang om me te haasten kon bedwingen. Ik was in tweeën gesplitst: de vrouw die met opengesperde ogen weggetoverd wilde worden, werd kalm geobserveerd door de vrouw onder de waterstraal. Ik zeepte me zorgvuldig in en deed alsof elke handeling toebehoorde aan een buitenwereld zonder tijdslimieten. Ik achtervolgde niemand en niemand achtervolgde mij. Niemand wachtte op me en ik verwachtte geen bezoek. Mijn zussen waren voorgoed vertrokken. Mijn vader zat in zijn oude huis voor de schildersezel en schilderde zigeunerinnen. Mijn moeder, die al jaren alleen maar een hinderlijke verplichting was, soms zelfs een kwelling, was dood. Terwijl ik mijn gezicht stevig schoonboende, vooral rond mijn ogen, realiseerde ik me echter met onverwachte ontroering dat Amalia onder mijn huid zat, als een warme vloeistof die me god weet wanneer was geïnjecteerd.

Ik wreef mijn haar zo goed mogelijk droog en controleerde in de spiegel of er geen mascara meer op mijn wimpers zat. Ik zag mijn moeder zoals ze op haar identiteitskaart was afgebeeld, en ik glimlachte tegen haar. Toen deed ik de satijnen peignoir aan en voor het eerst van mijn leven, ondanks die verfoeilijke poederkleur, had ik het gevoel dat ik mooi was. Ik ondervond, schijnbaar zonder reden, dezelfde aangename verrassing als toen ik op onverwachte plekken de cadeautjes vond die Amalia daar had verstopt terwijl ze deed alsof ze verstrooid de datum of de feestelijke gelegenheid was vergeten. Ze liet ons op hete kolen zitten totdat het cadeau plotseling tevoorschijn kwam uit hoekjes van het dagelijks leven die niets te maken hadden met het bijzondere van het geschenk. Als ze ons gelukkig zag, was ze nog gelukkiger dan wij.

Plotseling begreep ik dat de inhoud van de koffer niet voor haar bedoeld was maar voor mij. De leugen die ik aan de verkoopster van Vossi had verteld, was in feite de waarheid. Ook de blauwe jurk die op het bed op me lag te wachten, was beslist mijn maat. Dat realiseerde ik me ineens alsof de peignoir op mijn huid het me zelf vertelde. Ik stak mijn handen in de zakken, ervan overtuigd dat ik daarin het felicitatiekaartje zou vinden. En het zat er inderdaad in, speciaal voorbereid om me te verrassen. Ik opende de envelop en las het schoolschrift van Amalia, met die sierlijke letters die niemand meer kan maken: 'Proficiat, Delia. Je moeder.' Toen merkte ik dat er een beetje zand aan mijn vingers zat. Ik deed mijn handen weer in de zakken en vond een dun laagje zand onderin. Mijn moeder had die peignoir aangehad voordat ze zich had verdronken.

18

Ik merkte niet dat de deur openging. Ik hoorde echter wel dat iemand hem op slot draaide. Polledro deed zijn jas uit en gooide hem over een stoel. Hij zei in dialect: 'Ze geven me geen cent.'

Ik keek hem stomverbaasd aan. Ik wist niet waar hij het over had: misschien over een banklening, misschien over woekerrente, misschien over smeergeld. Hij was net een vermoeide echtgenoot die dacht dat hij me al zijn problemen kon vertellen alsof ik zijn vrouw was. Nu hij zijn jas uit had zag je zijn overhemd over zijn broekriem puilen, en zijn bovenlijf met de dikke, zware borsten. Ik bereidde me erop voor hem te zeggen dat hij de kamer moest verlaten.

'In plaats daarvan willen ze het geld terug dat ze me hebben voorgeschoten', vervolgde hij zijn monoloog vanuit de badkamer, en zijn stem bereikte me door de openstaande deur samen met het geklater van urine in de toiletpot. 'Mijn vader is geld gaan vragen aan Moffa zonder mij daarvan op de hoogte te stellen. Hij wil op zijn leeftijd de voormalige banketbakkerij van Via Gianturco terughebben en er weet ik wat mee doen. Hij heeft weer eens allerlei verhalen opgehangen. En daardoor heeft Moffa nu geen vertrouwen meer in mij. Hij zegt dat ik die ouwe niet in bedwang kan houden. Ze willen mijn winkel afpakken.'

'Zouden we niet samen lunchen?' vroeg ik.

Hij liep voor me langs alsof hij me niet gehoord had. Hij ging naar het raam en liet de blindering zakken. Alleen het zwakke licht dat door de geopende deur van de badkamer kwam bleef over.

'Je hebt er te zeer de tijd voor genomen', verweet hij me ten slotte. 'Dat houdt in dat je de lunch overslaat: om vier uur gaat mijn winkel weer open, ik heb niet veel tijd.'

Ik keek onwillekeurig naar de fosforescerende wijzers van mijn horloge: het was tien voor drie.

'Ik moet me nog even aankleden', zei ik.

'Je ziet er zo ook prima uit', antwoordde hij. 'Als je maar weet dat je me alles moet teruggeven: jurken, peignoir en onderbroeken.'

Ik voelde mijn hart bonzen. Ik kon zijn dialect en de vijandigheid die hij uitstraalde niet verdragen. Daar kwam nog bij dat ik zijn gezichtsuitdrukking niet kon zien, waardoor ik niet wist in hoeverre hij bezig was een voor hem heel wezenlijke macho figuur te spelen, en in hoeverre die figuur ook werkelijk gewelddadige bedoelingen had. Ik zag alleen de donkere schaduw ervan die zijn stropdas losmaakte.

'Het is van mij', protesteerde ik, zorgvuldig mijn woorden kiezend. 'Het is een cadeau van mijn moeder voor mijn verjaardag.'

'Mijn vader heeft het uit de winkel weggenomen. Daarom geef je het me terug', antwoordde hij met een lichtelijk infantiele klank in zijn stem.

Ik achtte het uitgesloten dat hij loog. Ik zag Caserta voor me die die kledingstukken voor me uitkoos: de kleur, de maat, het model. Ik huiverde van afkeer.

'Ik houd alleen de jurk en de rest is voor jou', besloot ik. Vervolgens stak ik mijn hand uit naar het bed om de jurk te grijpen en naar de badkamer te glippen, maar dat gebaar sloeg met overdreven vaart door de lucht en deed de wand met de Madonna van Pompeji en de uitgedroogde olijftak wankelen. Ik moest me langzamer bewegen. Ik legde mijn arm een ingehouden beweging op om te voorkomen dat de hele kamer tot leven zou komen en alle dingen van hun plaats zouden komen, gegrepen door de spanning. Ik haatte die momenten waarop de stress de overhand nam.

Polledro bemerkte mijn aarzeling en greep mijn pols vast. Ik reageerde niet, vooral om te voorkomen dat hij me krachtig tegen zich aan zou trekken om een teken van weerstand van mijn kant in de kiem te smoren. Ik wist dat ik het gevoel van dreigend geweld alleen in bedwang kon houden als ik het idee had dat ik de snelheid van de bewegingen bepaalde.

Hij kuste me zonder me te omhelzen maar hij bleef wel stevig mijn pols vasthouden. Eerst plaatste hij zijn lippen op de mijne en toen probeerde hij ze met zijn tong uit elkaar te duwen. Hij deed dat op zo'n manier dat ik mezelf geruststelde: hij gedroeg zich gewoon zoals hij dacht dat een man in die situatie zich diende te gedragen, maar zonder echte agressie en misschien zonder overtuiging. Waarschijnlijk had hij de blindering laten zakken om van het duister te profiteren en stiekem zijn uitdrukking te veranderen, de spieren van zijn gezicht te laten verslappen.

Ik deed mijn lippen uit elkaar. Veertig jaar geleden had ik met gefascineerde afschuw gefantaseerd dat het jongetje Antonio dezelfde tong had als Caserta, maar ik had daar nooit bewijs van gehad. De kleine Antonio was niet geïnteresseerd geweest in zoenen: hij gaf er de voorkeur aan om met zijn vuile vingers de toegang tot mijn vagina te onderzoeken terwijl hij mijn hand in de richting van zijn korte broek trok. Na verloop van tijd was ik erachter gekomen dat die tong van Caserta alleen in mijn fantasie bestond. Geen van de zoenen die ik had gekregen leek op die van hem zoals ik ze voor Amalia had gefantaseerd. Ook de volwassen Antonio gaf me de bevestiging dat hij niet was opgewassen tegen die fantasie. Hij kuste me met weinig overtuiging. Zodra hij merkte dat ik mijn mond opendeed duwde hij veel te onstuimig zijn tong tussen mijn tanden en meteen daarna, terwijl hij mijn pols bleef vasthouden, legde hij mijn hand op zijn broek. Ik besefte dat ik mijn lippen niet uit elkaar had moeten doen.

'Waarom in het donker?' vroeg ik hem zachtjes, met mijn mond tegen de zijne. Ik wilde hem horen praten om er absoluut zeker van te zijn dat hij geen kwaad zou proberen te doen. Maar hij antwoordde niet. Hij haalde snel adem, kuste me op een wang, likte mijn hals. Intussen bleef hij mijn hand stevig tegen de stof van zijn broek drukken. Hij deed het met aandrang, zodat ik zou begrijpen dat ik niet zo sloom mijn handpalm open moest houden. Ik pakte zijn geslachtsdeel vast. Toen pas liet hij mijn pols los en omhelsde me heftig. Hij mompelde iets dat ik niet verstond en boog zich een beetje om mijn tepels te zoeken, waarbij hij mijn bovenlijf achterover duwde, met zijn mond over de satijnen stof ging en de peignoir natmaakte met zijn speeksel.

Op dat moment wist ik dat er niets nieuws zou gebeuren. Er ging een welbekend ritueel beginnen waaraan ik me van jongs af aan vaak had onderworpen, hopend dat als ik maar vaak genoeg van man veranderde mijn lichaam vroeg of laat de juiste reactie zou uitvinden. De reactie was echter altijd dezelfde geweest, precies hetzelfde als de reactie die ik nu te kennen gaf. Polledro had de peignoir opengedaan om aan mijn borsten te zuigen en ik voelde een licht genot, niet op één bepaalde plek, alsof er warm water over mijn verkleumde lichaam stroomde. Ondertussen streelde hij met zijn ene hand, ervoor zorgend dat hij de mijne die zijn lid onder de stof vasthield niet in de weg zat, vol vuur over mijn geslachtsorgaan, opgewonden door de ontdekking dat ik geen slipje droeg. Maar ik voelde niets anders dan dat verspreide genot, aangenaam maar toch niet dringend.

Ik wist al lang dat ik nooit over die drempel heen zou komen. Ik hoefde alleen maar te wachten tot hij ejaculeerde. Ik voelde overigens, zoals altijd, geen enkele aandrang om hem te helpen, ik had zelfs moeite om me te bewegen. Ik wist dat hij verwachtte dat ik zijn broek zou losmaken en zijn penis tevoorschijn zou halen, dat ik hem niet alleen maar zou blijven vasthouden. Ik voelde dat hij zijn bekken bewoog om trillende instructies op me over te brengen. Ik kon er niet op reageren. Ik was bang dat mijn toch al trage ademhaling helemaal zou stoppen. Bovendien was ik verlamd door een groeiende gêne vanwege het overvloedige vocht dat uit me stroomde.

Ook toen ik als meisje probeerde te masturberen ging het zo. Het genot verspreidde zich lauw, zonder dat het ook maar enigszins toenam, en mijn huid werd meteen kletsnat. Hoe lang ik mezelf ook streelde, het enige wat ik bereikte was dat mijn lichaamssappen overstroomden: mijn mond werd niet droog maar vulde zich juist met speeksel dat ijskoud leek; het zweet druppelde van mijn voorhoofd, mijn neus, mijn wangen; mijn oksels veranderden in waterplassen; geen centimeter huid bleef droog; mijn geslachtsorgaan werd zo vochtig dat mijn vingers er zonder wrijving overheen gleden en ik niet meer wist of ik me werkelijk aanraakte of het me alleen maar inbeeldde. De spanning in mijn lichaam kon niet stijgen: ik moest er uitgeput en onbevredigd mee ophouden.

Tot nu toe scheen Polledro niets van dat alles te merken. Hij duwde me naar het bed, en om te voorkomen dat we er door de vaart van zijn gewicht samen op zouden vallen ging ik voorzichtig zitten en daarna ging ik gedwee liggen. Ik zag dat zijn schaduw enkele seconden weifelend wachtte. Toen trok hij zijn schoenen, zijn broek en zijn onderbroek uit. Vervolgens kroop hij op zijn knieën op het bed en ging schrijlings op me zitten, licht boven mijn buik hangend, zonder op me te steunen.

'En nu?' mompelde hij.

'Kom maar', zei ik, maar zonder me te bewegen. Hij kreunde, zijn bovenlijf oprichtend: hij hoopte dat zijn geslachtsdeel, breed en gedrongen in het halfduister, zijn verlangens zou vermengen met de verlangens die hij aan het mijne toeschreef. Aangezien er niets gebeurde, stak hij na een lange zucht een hand uit en begon weer tussen mijn benen te friemelen. Hij dacht waarschijnlijk dat hij me zo kon overhalen om eindelijk te reageren: uit hartstocht, uit moederlijke gevoelens, de aard van de reactie vond hij blijkbaar niet belangrijk; hij probeerde alleen de hendel te vinden waarmee hij me kon aansporen. Maar mijn toegeeflijkheid zonder actieve deelname verwarde hem. Ik bedacht, zoals altijd in die situatie, dat ik een hijgerige, onbedwingbare opwinding zou moeten fingeren of hem van me af zou moeten duwen. Maar ik durfde geen van beide te doen: ik vreesde dat ik dan zou moeten rennen om over te geven vanwege de hevige schokken die daarop zouden volgen. Ik moest gewoon wachten. Overigens voelde ik nu al niets meer van zijn vingers: misschien had hij zich vol afschuw teruggetrokken, misschien raakte hij me nog steeds aan maar had ik totaal geen gevoel meer.

Teleurgesteld pakte Polledro mijn handen en bracht ze naar zijn geslachtsdeel. Op dat moment begreep ik dat hij nooit zou binnendringen in mijn vagina als hij er niet van overtuigd was dat ik daarnaar verlangde. Ik merkte trouwens dat zijn erectie begon af te zwakken als een ondeugdelijk neonlicht. Hij had het zelf ook in de gaten en hij schoof vooruit totdat zijn buik zich vlakbij mijn mond bevond. Ik voelde een vage sympathie voor hem, alsof hij werkelijk het jongetje Antonio was dat ik gekend had; en dat wilde ik tegen hem zeggen maar er kwam geen geluid uit me: hij zat langzaam tegen mijn lippen te wrijven en ik was bang dat een lichte, onmerkbare beweging van mijn mond zo oncontroleerbaar zou blijken dat ik zijn geslachtsdeel zou verscheuren.

'Waarom ben je naar de winkel gekomen?' zei hij toen boos, terwijl hij weer naar achteren schoof over mijn lijf, drijfnat van het zweet. 'Ik ben jou niet komen opzoeken.'

'Ik wist niet eens wie je was', antwoordde ik.

'En al die verhalen? Die jurk, de onderbroeken... Wat wilde je?'

'Ik was niet gekomen om jou te zien', zei ik, zonder agressie. 'Ik wilde alleen je vader ontmoeten. Ik wilde weten wat er met mijn moeder gebeurd was voordat ze zich verdronk.'

Ik merkte dat hij niet overtuigd was en dat hij me opnieuw probeerde te strelen. Ik schudde mijn hoofd om hem te laten weten: zo is het genoeg. Hij plofte op me neer, even maar. Hij trok zich snel terug, vol afkeer, toen hij voelde hoe nat ik was.

'Je bent niet lekker', zei hij onzeker.

'Ik voel me goed. Maar ook al zou ik ziek zijn, dan was het al te laat om nog beter te worden.'

Polledro rolde gelaten naast me. In het halfduister zag ik hoe hij met het laken zijn vingers, zijn gezicht en zijn benen afdroogde; toen deed hij de lamp op het nachtkastje aan.

'Je lijkt wel een spook', zei hij terwijl hij me zonder ironie aankeek, en met een punt van zijn overhemd dat hij had aangehouden begon hij mijn gezicht af te drogen.

'Het ligt niet aan jou', verzekerde ik hem, en ik verzocht hem het licht weer uit te doen. Ik wilde niet gezien worden en ik wilde hem ook niet zien. Zoals hij nu was, ontredderd en verslagen, deed hij me te veel denken aan Caserta zoals ik me hem had voorgesteld of zoals ik hem veertig jaar geleden werkelijk had gezien. Die indruk was zo sterk dat ik er zelfs over dacht om hem in het donker meteen te vertellen wat er om dat gezicht van hem heen hing dat zo verschilde van het opgezwollen boevengezicht dat hij me de hele ochtend had getoond. Terwijl ik praatte wilde ik zowel mezelf als hem uitwissen, in dat bed, zo anders dan die kinderen van weleer. Het enige wat we gemeen hadden was het geweld dat we hadden bijgewoond.

Toen mijn vader erachter kwam dat Amalia en Caserta elkaar stiekem ontmoetten in de kelder – wilde ik hem zachtjes vertellen – liet hij er geen gras over groeien. Allereerst zat hij achter Amalia aan, door de gang, toen over de trap, toen over de weg. Ik rook de geur van de olieverf toen hij voor me langs liep, en het was alsof hij zelf vol met verf zat.

Mijn moeder vluchtte onder de spoorbrug, gleed uit in een

modderpoel, werd ingehaald en ontving stompen, klappen, een schop in haar zij. Toen hij haar flink had afgestraft, bracht hij haar bloedend naar huis. Zodra ze iets probeerde te zeggen, sloeg hij haar opnieuw. Ik keek langdurig naar haar, bont en blauw, smerig, en zij keek langdurig naar mij, terwijl mijn vader aan oom Filippo uitlegde wat er was gebeurd. Amalia had een verwonderde blik: ze keek me aan en snapte er niks van. Toen liep ik geërgerd weg om de andere twee te gaan bespieden.

Mijn vader en oom Filippo hadden zich afgezonderd en ik kon ze door het raam in de gaten houden: het waren tinnen soldaatjes die belangrijke beslissingen namen op de binnenplaats. Of militairen die je moest uitknippen en in een plaatjesalbum plakken, naast elkaar zodat ze fluisterend met elkaar konden praten. Mijn vader had laarzen aangetrokken en droeg een tropenjasje. Oom Filippo had een olijfgroen uniform aan, of misschien wit, of zwart. Niet alleen dat: hij had een pistool bij zich.

Of hij was gewoon in burger, ook al klonk in het schemerduister van kamer 208 nog altijd een stem die zei: 'Hij gaat hem vermoorden, hij heeft het pistool gepakt.' Misschien kwam het door die klanken dat ik mijn vader met zijn laarzen zag, en oom Filippo in uniform, met allebei zijn armen aan zijn bovenlijf en het pistool in zijn rechterhand. Samen gingen ze achter de jonge Caserta aan, toen nog zwartharig en met zijn kameelharen overjas aan, omhoog over de trap van zijn huis. Achter hen aan, op afstand om niet opnieuw te worden afgeslacht, of omdat ze verzwakt was en niet kon rennen, liep Amalia in haar blauwe mantelpakje en met haar verenhoed op, die zachtjes, steeds verbaasder zei: 'Maak hem niet dood, hij heeft niks gedaan.'

Caserta woonde bovenaan, maar hij werd de eerste keer ingehaald op de tweede verdieping. Daar waren de drie mannen stil blijven staan alsof ze een geheime bijeenkomst hadden. In werkelijkheid hadden ze tegelijkertijd een geschreeuw van beledigingen in dialect laten horen, een lange waslijst woorden die op een medeklinker eindigden, alsof de eindklinker in een afgrond was gestort en de rest van het woord dof jankte van verdriet.

Toen de waslijst was afgewerkt, was Caserta de trap af geduwd en tot op de eerste verdieping gerold. Onderaan de trap krabbelde hij weer op en rende opnieuw omhoog: het kon zijn dat hij de wraaklustigen dapper te lijf wilde gaan of dat hij wilde proberen zijn huis en zijn familie op de vierde verdieping te bereiken. Feit is dat het hem lukte hen te passeren, en terwijl één hand lichtjes over de leuning gleed en zich steeds vastklemde als zijn lichaam voorover boog terwijl zijn benen onvermoeibaar drie treden tegelijk namen, had hij zich over de trappen omhooggeslingerd tot aan zijn huisdeur, achtervolgd door schoppen die hem net misten en spuug die hem soms als een meteoor raakte.

Mijn vader had hem als eerste bereikt en gevloerd. Hij trok zijn hoofd omhoog aan zijn haar en sloeg ermee tegen de leuning. Het gebons verspreidde zich in een oneindige echo. Uiteindelijk had hij hem bewusteloos laten liggen, in het bloed op de grond, vooral op aanraden van zijn zwager die misschien wel het pistool had maar toch de wijzere was. Filippo hield mijn vader aan één arm vast en trok hem kalm weg: dat deed hij omdat mijn vader Caserta anders dood op de grond zou hebben achtergelaten. Ook de vrouw van Caserta trok mijn vader weg: zij zat aan zijn andere arm vast. Van Amalia was alleen haar stem overgebleven, die zei: 'Maak hem niet dood, hij heeft niks gedaan.' Antonio, die mijn speelkameraadje was geweest, huilde, maar dan met zijn hoofd omlaag, boven het trapportaal zwevend alsof hij vloog.

Ik hoorde Polledro naast me zwijgend ademhalen en ik had medelijden met het jongetje dat hij geweest was. 'Ik ga weg', zei ik tegen hem.

Ik stond op en deed snel de blauwe jurk aan om te voorkomen dat zijn blik op mijn schaduw viel. Ik voelde dat de jurk me precies paste. Toen zocht ik in de plastic zak een wit slipje en deed ook dat aan terwijl ik het onder de jurk liet glijden. Toen deed ik het licht aan. Polledro had een afwezige blik. Ik keek naar hem en kon me niet meer indenken dat hij Antonio was geweest, die op Caserta leek. Zijn zware lijf lag op het bed, naakt vanaf het middel. Het was het lichaam van een vreemde, zonder duidelijke samenhang met mijn vroegere leven of met het huidige, als ik het vochtige spoor dat ik op zijn zij had achtergelaten niet meetelde. Maar ik was hem evengoed dankbaar omdat hij me slechts een minieme dosis vernedering en pijn had bezorgd. Ik liep om het bed heen, ging aan zijn kant op de rand zitten en bevredigde hem. Hij liet me begaan, met zijn ogen dicht. Hij ejaculeerde zonder te kreunen, alsof hij geen enkel genot beleefde.

19

De zee was een paarsachtige massa geworden. De geluiden van de branding en die van de stad veroorzaakten een onstuimige mengeling. Ik stak de straat over, auto's en modderpoelen ontwijkend. Min of meer ongedeerd bleef ik staan om te kijken naar de voorgevels van de grote hotels die stonden opgesteld langs de woeste stroom voertuigen. Elke opening van die gebouwen was nijdig gesloten tegen het geluid van het verkeer en de zee.

Ik nam de bus naar Piazza Plebiscito. Na een zwerftocht langs vernielde cellen en bars met defecte toestellen, vond ik ten slotte een telefoon en koos het nummer van oom Filippo. Er werd niet opgenomen. Ik ging op weg naar Via Toledo toen de winkels hun rolluiken omhoogtrokken en er al een flinke stroom voetgangers was. De mensen dromden alleen aan het begin van de steegjes samen, die steil en zwart waren onder stroken sombere hemel. Ter hoogte van Piazza Dante kocht ik wat chocola, maar alleen om de zoete lucht van de winkel in te ademen. Eigenlijk had ik nergens zin in: ik was zo verstrooid dat ik vergat de chocola in mijn mond te steken zodat hij tussen mijn vingers smolt. Ik schonk weinig aandacht aan de aanhoudende blikken van de mannen.

Het was warm en er was geen lucht en geen licht in Port'Alba. Voor het huis van mijn moeder werd ik aangetrokken door dikke, glanzende kersen. Ik kocht er een halve kilo van, stapte zonder veel plezier in de lift en klopte op de deur van weduwe De Riso.

De vrouw deed zoals gebruikelijk voorzichtig open. Ik liet haar de kersen zien en zei dat ik ze voor haar had gekocht. Ze zette grote ogen op. Ze haalde de ketting van de deur en vroeg of ik binnenkwam, duidelijk blij met die onverwachte gezelligheid die haar werd aangeboden.

'Nee,' zei ik, 'komt u maar bij mij. Ik verwacht een telefoontje.' En ik voegde er iets aan toe over geesten: ik was ervan overtuigd – verzekerde ik haar – dat die na een paar uur steeds minder zelfstandig werden. 'Na een poosje doen en zeggen ze alleen nog maar wat wij hen opdragen. Als we willen dat ze zwijgen, zwijgen ze uiteindelijk ook.'

Het werkwoord 'zwijgen' bracht mevrouw De Riso in een soort linguïstische verlegenheid. Om de uitnodiging aan te nemen zocht ze naar een Italiaans op mijn niveau; daarna draaide ze haar voordeur op slot terwijl ik die van mijn moeder opendeed.

Het was benauwd in het appartement. Ik haastte me om de ramen open te gooien en deed de kersen in een plastic bakje. Ik liet het water stromen terwijl de oude dame, na een zeer argwanende blik om zich heen, bijna automatisch aan de keukentafel ging zitten. Om zich te rechtvaardigen zei ze dat mijn moeder haar altijd daar liet zitten.

Ik zette de kersen voor haar neer. Ze wachtte tot ik haar uitnodigde om ervan te eten en toen ik dat deed bracht ze er eentje naar haar mond met een kinderlijk gebaar dat me wel beviel: ze pakte hem bij de stengel en liet hem in haar mond achter terwijl ze de vrucht tussen haar tong en haar gehemelte ronddraaide zonder erop te bijten, zodat het groene steeltje langs haar bleke lippen danste; toen pakte ze de stengel weer vast en trok hem eraf met een lichte plop.

'Lekker', zei ze, en nu ze wat meer op haar gemak was begon ze de jurk die ik aanhad te loven. Daarna benadrukte ze: 'Ik zei al tegen haar dat deze blauwe je beter zou staan dan die andere.'

Ik keek naar mijn jurk en toen naar haar om er zeker van te zijn dat ze die echt bedoelde. Ze had geen enkele twijfel, vervolgde ze: hij stond me fantastisch. Toen Amalia haar de cadeaus voor mijn verjaardag had laten zien, was haar meteen opgevallen dat dit precies de goede jurk was voor mij. Ook mijn moeder leek daarvan overtuigd te zijn. Mevrouw De Riso vertelde me dat ze heel euforisch was geweest. Daar in de keuken, voor diezelfde tafel, hield ze de ene keer het ondergoed voor zich en dan weer de jurken, terwijl ze bleef zeggen: 'Het zal haar prachtig staan.' En ze was zeer in haar nopjes over de manier waarop ze aan die kleren was gekomen.

'Hoe dan?' vroeg ik.

'Die vriend van haar', zei weduwe De Riso. Hij had haar een ruil voorgesteld: hij wilde al haar oude ondergoed in ruil voor die nieuwe spullen. Het kostte hem bijna niets, die ruil. Hij was de eigenaar van een zeer exclusieve winkel in de Vomero. Amalia, die hem al van jongs af aan kende en wist dat hij een goed handelsinstinct had, vermoedde dat hij uitgaande van die oude verstelde onderbroeken en onderjurken een of andere nieuwe lijn wilde verzinnen. Maar mevrouw De Riso was wel wijzer. Ze had tegen haar gezegd dat je altijd op je hoede moest zijn met mannen, fatsoenlijk of niet, oud of jong, rijk of arm. Maar mijn moeder was veel te blij om naar haar te luisteren.

De opzettelijk dubbelzinnige toon van mevrouw De Riso werkte op mijn lachspieren, maar ik hield me in. Ik zag Caserta en Amalia voor me die in dit huis, avond na avond, aan de hand van haar oudste vodden samen een grootse lancering van damesondergoed uit de jaren vijftig bedachten. Ik stelde me een overredende Caserta en een goedgelovige Amalia voor, oud en eenzaam, geen van beiden een cent te makken, in die armzalige keuken, enkele meters van het luisterend oor van de weduwe die al even oud en eenzaam was. Het leek me een geloofwaardige scène. Maar ik zei: 'Misschien was het geen echte ruil. Misschien wilde haar vriend haar gewoon een plezier doen. Denkt u niet?'

De weduwe at nog een kers. Ze wist niet wat ze met de pitten moest doen: ze spuugde ze in haar hand en hield ze vast.

'Kan zijn', gaf ze toe, niet erg overtuigd. 'Hij was heel fatsoenlijk. Hij kwam bijna iedere avond en de ene keer gingen ze uit eten, en dan weer naar de bioscoop, of een wandeling maken. Als ik ze op de overloop hoorde, babbelde hij altijd aan één stuk door en je moeder lachte steeds.'

'Daar is niks verkeerds aan. Lachen is gezond.'

De oude vrouw schudde haar hoofd, op kersen kauwend.

'Je vader had mijn argwaan gewekt', zei ze.

'Mijn vader?'

Mijn vader. Ik verdrong de gedachte dat hij al in de keuken was, wie weet hoe lang al. Mevrouw De Riso legde uit dat hij stiekem naar haar toe was gekomen om haar te vragen hem te waarschuwen als ze merkte dat Amalia onbezonnen dingen deed. Het was niet de eerste keer dat hij plotseling kwam aanzetten met dat soort verzoeken. Maar die keer had hij bijzonder aangedrongen.

Ik vroeg me af wat voor mijn vader het verschil was tussen iets wat onbezonnen was en iets wat dat niet was. Mevrouw De Riso scheen dat te bemerken en probeerde het me op haar manier uit te leggen. Onbezonnen was als je jezelf blootstelde aan de risico's van het lichtzinnige leven. Mijn vader was bezorgd om zijn echtgenote, ook al waren ze al drieëntwintig jaar uit elkaar. De arme man hield nog steeds van haar. Hij was zo aardig geweest, zo... Mevrouw De Riso zocht zorgvuldig naar de juiste Italiaanse benaming. Ze zei: 'verslagen.'

Ik wist het wel. Hij had zoals gewoonlijk goed voor de dag willen komen bij de weduwe. Hij was hartelijk geweest, en had gezegd dat hij zich zorgen maakte. Maar in werkelijkheid – bedacht ik – was er geen bouwkundige barrière tussen hen die hem ervan zou kunnen weerhouden de echo van Amalia's gelach te horen. Mijn vader kon het niet uitstaan als zij lachte. Hij beschouwde haar gelach als iets dat alleen bij bepaalde gelegenheden klonk, duidelijk nep. Telkens als er een vreemde over de vloer kwam (bijvoorbeeld de mannen die op gezette tijden verschenen met opdrachten voor straatschoffies, zigeunerinnen of Vesuviussen met rookpluim), drukte hij haar op het hart: 'Niet lachen.' Als ze zo lachte dacht hij dat ze vakkundig suiker rondstrooide om hem te vernederen. In werkelijkheid probeerde Amalia alleen maar geluid te geven aan de gelukkig uitziende vrouwen die gefotografeerd of getekend stonden op de posters of de tijdschriften uit de jaren veertig: brede rode mond, allemaal glinsterende tanden, een levendige blik. Zo wilde zij graag zijn, en ze had er de juiste lach bij gezocht. Het moest haar moeite gekost hebben om een lach, stemmen en gebaren te vinden die haar echtgenoot tolereerde. Je wist nooit wat wel mocht en wat niet. Iemand die op straat loopt en naar je kijkt. Iets dat voor de grap gezegd wordt. Een gedachteloze toestemming. En kijk, daar werd aan de deur gebeld. Kijk: er werden haar rozen overhandigd. Kijk: zij weigerde ze niet. Integendeel, ze lachte, en ze koos een vaas van blauw glas, en ze schikte ze in die bak vol water. In de periode dat op gezette tijden die mysterieuze giften waren gekomen, die anonieme huldeblijken (maar we wisten allemaal dat ze van Caserta waren: Amalia wist dat), was ze jong geweest en leek ze voor zichzelf een spelletje te spelen, zonder kwade bedoelingen. Ze liet een zwarte haarlok op haar voorhoofd hangen, knipperde met haar ogen, gaf fooien aan de bezorgers en liet de koopwaar een tijdje bij ons in huis staan alsof de aanwezigheid ervan geoorloofd was. Dan kwam mijn vader erachter en maakte alles kapot. Hij probeerde ook haar kapot te maken maar hij hield altijd net op tijd op voordat het een slachting werd. Het bloed getuigde echter wel van zijn bedoeling. Terwijl mevrouw De Riso tegen me praatte, vertelde ik mezelf over het bloed. In de wasbak. Het droop in een dichte stroom uit Amalia's neus en was eerst rood en verbleekte dan als het met het water uit de kraan in aanraking kwam. Er liep ook bloed over haar arm, tot aan haar elleboog. Ze probeerde het met haar hand te deppen maar het stroomde gewoon uit haar handpalm en liet rode sporen achter als schrammen. Het was geen onschuldig bloed. Mijn vader had niets van Amalia ooit onschuldig gevonden. Hij, die zo driftig was, zo wrokkig en tegelijkertijd zo verlangend naar plezier, zo twistziek en zo zelfingenomen, kon niet accepteren dat zij een vriendschappelijke, soms zelfs vreugdevolle band onderhield met de buitenwereld. Hij zag er onmiddellijk de kenmerken van verraad in. Niet alleen seksueel verraad: ik geloofde inmiddels niet meer dat hij alleen bang was om seksueel verraden te worden. Ik was er echter van overtuigd geraakt dat hij vooral bang was dat ze hem zou verlaten, dat ze zou overlopen naar het vijandelijke kamp, dat ze de beweegredenen, de woordenschat, de smaak zou overnemen van mensen als Caserta: onbetrouwbare sjacheraars, zonder regels, gemene verleiders waaraan hij zich noodgedwongen moest onderwerpen. Dus probeerde hij haar geschikte omgangsvormen op te leggen om afstand, zo niet vijandschap over te brengen. Maar hij barstte al gauw in beledigingen uit. Volgens hem was de klank van Amalia's stem te gauw verlokkelijk; de bewegingen van haar hand te zacht en gracieus; haar blik van een levendigheid die aan onbeschoftheid grensde. Het ergste was dat ze moeiteloos in de smaak viel, zonder dat dat haar bedoeling was. Het overkwam haar, ook al wilde ze het niet. O jawel: hij strafte haar met klappen en stompen voor het feit dat ze zo bevallig was. Hij interpreteerde haar gebaren en blikken als signalen van verborgen contacten, geheime gesprekken, verstandhoudingen waarop werd gezinspeeld alleen om hem buiten te sluiten. Ik deed mijn best om hem van mijn netvlies af te krijgen, zo ziekelijk, zo gewelddadig. Zijn kracht. Die versteende me. Het beeld van mijn vader die rozen kapotsloeg en bloemblaadjes afrukte, brulde en brulde al tientallen jaren in mijn hoofd. En nu verbrandde hij de nieuwe jurk die zij niet had teruggestuurd, die ze stiekem had gedragen. Ik kon de geur van verbrande stof niet verdragen. Ook al had ik het raam opengezet.

'Is hij teruggekomen om haar te slaan?' vroeg ik.

De vrouw gaf met tegenzin toe: 'Hij verscheen hier een keer 's ochtends vroeg, het was nog geen zes uur, en hij dreigde haar te zullen vermoorden. Hij zei echt vreselijke dingen tegen haar.'

'Wanneer is dat gebeurd?'

'Half mei: een week voordat je moeder vertrok.'

'En had Amalia de nieuwe jurken en het ondergoed toen al gekregen?'

'Ja.'

'En was ze daar blij mee?'

'Ja.'

'Hoe reageerde ze?'

'Zoals ze altijd reageerde. Ze was hem alweer vergeten zodra hij weg was. Ik zag hem weggaan: hij was zo wit als een doek. Maar zij vertrok geen spier. Ze zei: zo is hij nu eenmaal; zelfs de ouderdom heeft hem niet veranderd. Maar ik had wel door dat het niet goed zat. Totdat ze vertrok, tot aan de trein, heb ik steeds tegen haar gezegd: Amalia, wees voorzichtig. Niks. Ze leek rustig. Maar op straat kon ze amper het normale tempo houden. Ze ging expres langzamer lopen. En in de coupé begon ze zonder reden te lachen en zich koelte toe te wuiven met de rand van haar rok.'

'Wat is daar zo gek aan?' vroeg ik.

'Het hoort niet', antwoordde de weduwe.

Ik pakte twee kersen waarvan de steeltjes aan elkaar zaten, hing ze aan mijn uitgestrekte wijsvinger en liet ze naar rechts en links schommelen. Waarschijnlijk had Amalia in de loop van haar bestaan afgezien van veel dingen die ze, zoals elk mens, wettelijk of onwettelijk had kunnen doen. Of misschien deed ze alleen maar alsof ze ze niet gedaan had. Of misschien gedroeg ze zich als iemand die doet alsof, zodat mijn vader voortdurend zou kunnen denken dat ze onbetrouwbaar was en daaronder kon lijden. Misschien was dat haar reactie geweest. Maar ze had er geen rekening mee gehouden dat ook wij, haar dochters, dat voorgoed zouden denken: ik vooral. Ik kon me geen nieuw, onschuldig beeld van haar voor de geest halen. Zelfs nu niet. Het kon zijn dat Caserta haar gezelschap alleen maar opzocht omdat hij een deel van zijn jeugd najoeg. Maar ik wist zeker dat Amalia nog steeds voor zichzelf speelde dat ze als een ondeugende jonge meid de deur voor hem opendeed, met de haarlok over haar wenkbrauw getrokken en met knipperende wimpers. Het kon zijn dat de oude man haar met dat verhaal van de zakenman vol ideeën alleen maar op discrete wijze over zijn fetisjisme had willen vertellen. Maar zij had zich niet teruggetrokken. Ze had meteen heel bewust gelachen om die ruil en ze was met gebruikmaking van mij en mijn verjaardag tegemoet gekomen aan zijn en haar bejaarde impulsen. Nee, jawel. Ik besefte dat ik een onbezonnen vrouw zonder de deugd van vrees naar boven haalde. Aan die vrouw had ik herinneringen. Zelfs toen mijn vader zijn vuisten ophief en haar sloeg om haar te vormen als een steen of een houtblok, zette zij niet uit angst grote ogen op, maar uit verbazing. Ze had haar ogen vast op dezelfde manier opengesperd toen Caserta haar de ruil had voorgesteld. Met geamuseerde verbazing. Ook ik was verbaasd, als bij een mise-en-scène van geweld, een spel voor twee personen bestaande uit conventies: de boeman die geen angst inboezemt, het slachtoffer dat niet wordt vermorzeld. Het schoot me te binnen dat Amalia al vanaf haar kindertijd handen moest hebben gezien als handschoenen, als vormen, eerst van papier en daarna van leer. Ze had er talloze genaaid. Vervolgens had ze weduwen van generaals, echtgenoten van tandartsen en zussen van rechters gereduceerd tot hun borstwijdte en heupbreedte. Die maten, opgenomen door vrouwelijke lichamen van alle leeftijden discreet met de gele centimeter te omhelzen, werden omgezet in papieren patronen die, eenmaal op stof vastgespeld, schaduwen van borsten en heupen op het weefsel tekenden. Dan knipte ze de stof geconcentreerd, gespannen, langs het traject dat door de patronen werd aangegeven. Elke dag van haar leven had ze de verlegenheid van de lichamen overgebracht op papier en stof, en misschien had ze er een gewoonte van gemaakt om alles wat buitenmaats was toch weer stilzwijgend in een maat te passen. Ik had er nooit over nagedacht, en nu ik er wel over nadacht kon ik haar niet meer vragen of het inderdaad zo geweest was. Alles was verloren gegaan. Maar tegenover mevrouw De Riso die kersen zat te eten, vond ik dat stoffen eindspel tussen Amalia en Caserta, die reductie van hun onderaardse verhouding tot een conventionele uitwisseling van oude kleren met nieuwe kleren, een soort ironische afsluiting. Plotseling was ik blij te geloven dat ze een bedachtzame lichtheid had gehad. Onverwachts, tot mijn verbazing, beviel ze me wel, die vrouw die op een of andere manier tot aan het eind haar eigen geschiedenis had verzonnen door voor zichzelf met lege stoffen te spelen. Ik stelde me voor dat ze niet ontevreden was gestorven en zuchtte van onvermoede tevredenheid. Ik hing de kersen waarmee ik al die tijd had gespeeld over mijn oor en lachte.

'Hoe zie ik eruit?' vroeg ik aan de oude vrouw die intussen minstens tien pitten in haar opgehouden hand had verzameld.

Ze grijnsde onzeker.

'Goed', zei ze weinig overtuigd door mijn vreemde gedrag.

'Dat weet ik', beweerde ik echter voldaan. En ik koos nog twee kersen waarvan de steeltjes aan elkaar zaten. Ik wilde ze over mijn andere oor hangen, maar veranderde toen van gedachte en stak ze uit naar mevrouw De Riso.

'Nee', weerde zij me af, achteruit deinzend.

Ik stond op, ging achter haar staan, en terwijl zij opgewonden giechelend haar hoofd schudde, streek ik het grijze haar van haar rechteroor en hing de kersen over de schelp. Toen ging ik naar achteren om het schouwspel te bekijken.

'Prachtig', riep ik uit.

'Ach nee', mompelde de weduwe gegeneerd.

Ik koos nog een stel kersen en ging weer achter haar staan om haar andere oor te versieren. Daarna omhelsde ik haar terwijl ik mijn armen over haar grote boezem kruiste en stevig drukte.

'Moedertje,' zei ik, 'jij bent degene die alles tegen mijn vader heeft gezegd, hè?'

Toen kuste ik haar op de rimpelige hals die steeds roder werd. Ze bewoog zich heftig tussen mijn armen, uit verlegenheid of om zich los te maken. Ze ontkende, ze zei dat ze dat nooit zou hebben gedaan: hoe kwam ik erbij?

Maar ze had het wel gedaan – dacht ik: ze had voor spion gespeeld om hem te horen schreeuwen, met deuren slaan, borden kapotsmijten, er angstig van genietend binnen in het hol van haar eigen appartement.

De telefoon rinkelde. Ik kuste haar nog een keer, krachtig, op haar grijze hoofd, voordat ik ging opnemen: hij ging al voor de derde keer over.

'Hallo', zei ik.

Stilte.

'Hallo', herhaalde ik kalm, terwijl ik mevrouw De Riso gadesloeg die me onzeker aankeek en moeizaam van haar stoel omhoogkwam.

Ik hing weer op.

'Blijft u nog even', zei ik uitnodigend, weer overstappend op 'u'. 'Geeft u mij de pitten maar. Eet u de andere kersen ook maar op. Eentje nog. Of neem ze anders maar mee.'

Maar ik hoorde dat ik geen geruststellende toon kon aanslaan. De oude vrouw stond inmiddels overeind en ging op weg naar de deur, met de kersen om haar oren.

'Bent u boos op mij?' vroeg ik vleierig.

Ze keek me sprakeloos aan. Er was haar blijkbaar ineens iets te binnen geschoten waardoor ze halverwege bleef staan.

'Die jurk', zei ze weifelend, 'hoe kom je daaraan? Dat kan niet. Hij zat in haar koffer, bij de andere spullen. En die koffer is nooit teruggevonden. Waar heb je die jurk vandaan? Van wie heb je die gekregen?'

Terwijl ze praatte, zag ik dat haar pupillen snel overgingen van verbazing naar angst. Daar was ik niet blij om, ik wilde haar niet laten schrikken, ik vond het niet fijn als iemand bang van me was. Ik streek de jurk glad met mijn handpalmen alsof ik hem langer wilde maken en geneerde me omdat ik gehuld was in zo'n korte, nauwsluitende jurk, veel te elegant, niet gepast voor mijn leeftijd.

'Het is alleen maar stof zonder geheugen', mompelde ik. Ik wilde daarmee zeggen dat de jurk mij noch haar kwaad kon doen. Maar weduwe De Riso siste: 'Er zit een luchtje aan.'

Ze opende de deur en deed hem haastig achter zich dicht. Op dat moment ging de telefoon opnieuw over.

20

Ik liet het toestel drie of vier keer rinkelen. Toen nam ik de hoorn op: geroezemoes, stemmen in de verte, niet thuis te brengen geluiden. Ik zei een paar keer 'hallo' zonder enige hoop, alleen maar om Caserta te laten weten dat ik er was, dat ik niet bang was. Ten slotte hing ik weer op. Ik ging aan de keukentafel zitten, haalde de kersen van mijn oor en at ze op. Ik wist nu al dat alle telefoontjes die zouden volgen alleen maar de functie van lokroep zouden hebben, een soort fluitje zoals de mannen vroeger wel gebruikten om vanaf de straat aan te kondigen dat ze eraan kwamen en dat de vrouwen de pasta in het water konden doen.

Ik keek op mijn horloge: het was tien over zes. Om te voorkomen dat Caserta me opnieuw zou dwingen naar zijn zwijgen te luisteren, pakte ik de hoorn op en draaide het nummer van oom Filippo. Ik bereidde me voor op de lange toon van niet thuis. Filippo antwoordde echter, maar niet erg enthousiast, bijna geërgerd over het feit dat ik het was. Hij zei dat hij net thuis was, dat hij moe was en kou gevat had, dat hij op bed wilde gaan liggen. Hij hoestte aanstellerig. Pas toen ik ernaar vroeg begon hij over Caserta, geïrriteerd. Hij zei dat ze lang hadden gepraat, zonder ruzie te maken. Ze waren er ineens achtergekomen dat daar geen aanleiding meer toe was. Amalia was dood, het leven was voorbij.

Hij zweeg even om mij te laten praten: hij verwachtte een reactie van me. Ik had er geen. Toen begon hij weer te mopperen over de ouderdom, over de eenzaamheid. Hij zei dat Caserta het huis uit was gezet door zijn zoon en aan zijn lot was overgelaten, zomaar, zonder een dak boven zijn hoofd, nog erger dan een hond. De jongen had eerst al het geld dat hij opzij had gezet van hem gestolen en toen had hij hem eruit gezet. Zijn enige geluk was Amalia's vriendelijkheid geweest. Caserta had hem toevertrouwd dat ze elkaar na vele jaren weer hadden gezien: zij had hem geholpen, ze hadden elkaar wat gezelschap gehouden maar heel discreet, met wederzijds respect. Nu leefde hij als een zwerver, nu eens hier en dan weer daar. Zoiets verdiende zelfs iemand als hij niet.

'Een geweldige man', merkte ik op.

Filippo klonk nog bitser.

'Er komt een moment waarop je vrede moet sluiten met je naaste.'

'En het meisje in de kabeltrein dan?' vroeg ik.

Mijn oom raakte in verlegenheid.

'Dat kan gebeuren', zei hij. Ik wist het nog niet, maar ook ik zou ontdekken dat de ouderdom een lelijk, wreed beest was. En hij voegde eraan toe: 'Er gebeuren wel smerigere dingen.' Ten slotte hernam hij met niet langer ingehouden wrok: 'Er is nooit iets geweest tussen hem en Amalia.'

'Dat is misschien wel zo', stemde ik in.

Hij verhief zijn stem: 'Waarom vertelde je ons toen dan al die dingen?'

Ik wierp tegen: 'Waarom geloofden jullie mij eigenlijk?'

'Je was vijf jaar.'

'Precies.'

Oom Filippo snoof. Hij mompelde: 'Ga toch weg. Laat het rusten.'

'Doe iets aan die verkoudheid', raadde ik hem aan en hing weer op.

Ik staarde enkele seconden naar de telefoon. Ik wist dat hij zou overgaan: ergens zat Caserta te wachten tot de lijn weer vrij was. Het eerste gerinkel liet niet lang op zich wachten. Ik nam een besluit en ging haastig naar buiten, zonder de voordeur op slot te draaien.

Er waren geen wolken meer, er was geen wind meer. Door een witachtig licht leek de Aartsbroederschap van de Santa Maria delle Grazie minder breed, het leek piepklein tussen de doorschijnende voorgevels van de gewone gebouwen, vol met reclameteksten. Ik liep in de richting van de taxi's, veranderde toen van gedachte en ging het gelige gebouw van de metro in. De mensen ruisten langs me heen alsof ze uit papier waren geknipt, speciaal om kinderen te vermaken. De obsceniteiten in dialect – de enige obsceniteiten die in mijn hoofd klank en betekenis zodanig in elkaar konden passen dat er een kwellende seks ontstond, kwellend vanwege het agressieve, genotzuchtige en kleverige realisme ervan: elke andere uitdrukking buiten dat dialect vond ik onbetekenend, vaak amusant, zonder afkeer uitspreekbaar – werden onverwachts verzacht, zodat het klonk als een soort extra hard geroffel tegen de rol van een oude schrijfmachine. Terwijl ik afdaalde in het ondergrondse van Piazza Cavour, in een warme luchtstroom die de metalen wanden liet golven en het rood en blauw van de roltrap vermengde, stelde ik me voor dat ik een figuur uit het Napolitaanse kaartspel was: de acht van zwaarden, de rustige, gewapende vrouw die te voet oprukt, klaar om zich in het spel te mengen tijdens een partijtje briscola. Ik beet op mijn lippen totdat het pijn deed.

Ik keek de hele weg voortdurend achter me. Ik zag Caserta nergens. Om een beter overzicht te hebben over de halflege plekken op het perron tussen de twee zwarte openingen van de tunnel, mengde ik me in de dichtste groep wachtende passagiers. De trein kwam propvol aan, maar hij raakte snel daarna leeg, in de met neon verlichte schemering van het station van Piazza Garibaldi. Aan het eind van de lijn stapte ik uit, en nadat ik een korte trap beklommen had bevond ik me naast de oude Tabakswarenfabriek, aan de rand van de wijk waarin ik was opgegroeid.

De dorpse sfeer die er vroeger hing, met die witachtige gebouwen van vier verdiepingen die midden op het stoffige platteland waren gezet, was door de jaren heen veranderd in die van een geelzuchtige periferie, overheerst door wolkenkrabbers en gewurgd door het verkeer en de slangen van treinen die vaart verminderend langs de huizen reden. Ik sloeg meteen linksaf, in de richting van een viaduct met drie tunnels waarvan de middelste was afgesloten vanwege herstelwerkzaamheden. In mijn herinnering was er slechts één eindeloze doorgang, uitgestorven en voortdurend opgeschrokken door denderende rangeertreinen die boven mijn hoofd reden. In plaats daarvan liep ik hooguit honderd passen door een naar urine stinkend halfduister, langzaam, over een nauw pad tussen een muur waarlangs grote vochtplekken omlaagsijpelden en een stoffige vangrail die me beschermde tegen de dichte stroom auto's.

Het viaduct was er geweest vanaf de tijd dat Amalia zestien jaar was. Zij moest door die frisse, schaduwrijke tunnels heen als ze handschoenen ging afleveren. Ik had altijd gedacht dat ze ze naar de plek bracht die ik nu achter me liet, naar een oude fabriek met een dakpannen overkapping die nu het symbool van Peugeot droeg. Maar dat was beslist niet waar. Wat was trouwens wel waar? Er was tussen de stenen en de schaduw, dezelfde als destijds, geen gebaar of voetstap overgebleven die me zou kunnen helpen. Onder het viaduct werd Amalia achternagelopen door niksnutten, straatverkopers, spoorwegarbeiders en metselaars die broodjes belegd met broccoli en worst aten of wijn dronken uit mandflessen. Ze vertelde, als ze zin had om te vertellen, dat ze opdringerig naast haar liepen en vaak in haar oor hijgden. Ze probeerden haar haar, een schouder, een arm aan te raken. Sommigen wilden haar hand vastpakken terwijl ze obsceniteiten in dialect tegen haar zeiden. Zij hield haar ogen neergeslagen en versnelde haar pas. Soms barstte ze in lachen uit, dan kon ze zich niet meer inhouden. Daarna begon ze sneller dan haar achtervolger te rennen. Zoals ze rende: het leek wel of het een spel was. Ze rende in mijn hoofd. Kon het zijn dat ik daar liep en haar met me meedroeg in mijn verouderde lichaam dat zo ongepast gekleed was? Kon het zijn dat haar zestienjarige lichaam, gehuld in een zelfgemaakte bloemetjesjurk, door dat halfduister liep met behulp van het mijne, dat behendig de modderpoelen ontweek, rennend naar die boog van geel licht die het anachronisme van een Mobil-benzinepomp bevatte?

Misschien was uiteindelijk het enige belangrijke van deze twee rusteloze dagen de transplantatie van het verhaal van het ene hoofd in het andere, als een gezond orgaan dat mijn moeder me uit genegenheid had gegeven. Ook mijn vader had op dat stuk weg achter haar aan gezeten, nauwelijks ouder dan twintig. Amalia vertelde dat ze was geschrokken toen ze merkte dat hij haar op de hielen zat. Hij was niet als alle anderen, die vleiend over haar praatten. Hij praatte over zichzelf: hij schepte op over geweldige dingen die hij kon; hij zei dat hij een portret van haar wilde maken, misschien om haar te bewijzen hoe mooi ze was en hoe goed hij was. Hij had het over de kleuren die hij rondom haar zag. Al die woorden, god weet waar ze gebleven waren. Mijn moeder, die niemand van haar belagers ooit in het gezicht keek en haar best deed om niet te lachen terwijl ze tegen haar praatten, zei tegen ons dat ze hem slechts één keer zijdelings had aangekeken en het meteen had begrepen. Wij, haar dochters, begrepen het niet. We begrepen niet waarom hij bij haar in de smaak was gevallen. Wij vonden onze vader absoluut niet uitzonderlijk, afgetakeld als hij was, dik geworden, kaal, nooit gewassen, de afgezakte broek vol met verf, altijd chagrijnig vanwege de alledaagse misère, vanwege het geld dat hij verdiende en dat Amalia – schreeuwde hij ons toe – uit het raam smeet. Hoe dan ook, juist tegen die man zonder beroep had onze moeder gezegd dat hij bij haar thuis moest komen als hij met haar wilde praten: zij vrijde niet stiekem; dat had ze nooit gedaan, met niemand. En terwijl ze 'vrijen' uitsprak, luisterde ik met open mond, zo mooi vond ik het verhaal van dat moment, zonder vervolg, op dat punt afgebroken voordat het helemaal verkeerd zou aflopen. Ik onthield de klanken en de beelden ervan. Misschien liep ik nu onder dat viaduct opdat die klanken en beelden weer vaste vorm zouden aannemen tussen de stenen en de schaduw, en mijn moeder, voordat ze mijn moeder werd, opnieuw op de hielen zou worden gezeten door de man met wie ze zou vrijen, die haar met zijn achternaam zou bedekken, die haar zou uitwissen met zijn letters.

Ik versnelde mijn pas, nadat ik me er nog een keer van had vergewist dat Caserta me niet volgde. Ondanks het feit dat een aantal details verdwenen waren (op de plaats van de groenig-rottende vijver waarbij ik vaak speelde was een gebouw van acht verdiepingen verrezen), had ik het idee dat de wijk nog steeds herkenbaar was. De kinderen liepen jankend door de onbekende straten, net zoals vroeger telkens als het weer zomer werd. Er klonk hetzelfde geschreeuw in dialect vanuit de huizen door de openstaande ramen. De rangschikking van de gebouwen nam dezelfde fantasieloze meetkundige wetten in acht. Er waren zelfs enkele povere handelsondernemingen van tientallen jaren geleden die de tand des tijds doorstaan hadden: de in de grond verzakte winkel waar ik zeep en loog was gaan kopen voor mijn moeder opende bijvoorbeeld nog steeds zijn deurtje in hetzelfde afgebikte gebouw als zoveel jaar geleden. Nu waren er allerlei soorten bezems, plastic emmers en tonnen wasmiddel voor de deur uitgestald. Ik bleef er even naar staan kijken, met het idee dat ik op die plek de holle ruimte in mijn geheugen zou terugvinden. Die sloot zich echter over me heen als een kapotte paraplu.

Het gebouw waarin mijn vader woonde lag enkele meters verderop. In dat huis was ik geboren. Ik stapte door het hek en liep doelbewust tussen de lage, armoedige gebouwen door. Ik ging een stoffig portaal binnen, onbekende tegels in de hal, geen lift, de trap met gebarsten, vergeeld marmer. Het appartement was op de tweede verdieping en ik was er al minstens tien jaar niet binnen geweest. Terwijl ik omhoogliep probeerde ik de plattegrond ervan opnieuw uit te tekenen, zodat de ruimte niet al te verwarrend op me zou inwerken. Het huis had twee kamers en een keuken. De deur kwam uit op een gang zonder ramen. Achteraan links was de asymmetrische eetkamer, met een zilverkast voor nooit bezeten zilverwerk, een tafel die af en toe voor een feestelijke lunch werd gebruikt en een tweepersoonsbed waarin mijn zussen en ik sliepen na de gebruikelijke avondruzie om te bepalen wie van de drie zich moest opofferen en in het midden moest gaan liggen. Naast die kamer was de plee, langwerpig, met een smal raampje, slechts voorzien van de toiletpot en een draagbaar bidet van geëmailleerd metaal. Daarna kwam de keuken: de spoelbak waaraan we ons 's ochtends om beurten wasten, een haard in wit majolica die al snel in onbruik was geraakt, een schap vol pannen die Amalia zorgvuldig poetste. Ten slotte was er de slaapkamer van mijn ouders, en daarnaast een berghok zonder licht, verstikkend, propvol nutteloze voorwerpen.

In de kamer van mijn vader en moeder mochten wij niet binnenkomen: er was ontzettend weinig ruimte. Voor het tweepersoonsbed bevond zich een kast met een spiegeldeur in het midden. Tegen de rechterwand stond een toilettafel met een rechthoekige spiegel. Aan de andere kant, tussen de rand van het bed en het raam, had mijn vader zijn schildersezel neergezet, een kolossaal ding, hoog, met dikke poten, aangevreten door de houtwormen, waaraan vuile lappen hingen om de penselen schoon te maken. Vlak naast het bed stond een kist waarin de verftubes door elkaar werden gegooid: die van de witte verf was het grootste en het beste te herkennen, ook wanneer hij helemaal was leeggeperst en tot aan de schroefhals was opgerold; maar ook veel kleinere tubes waren opmerkelijk, soms omdat de naam klonk als die van een sprookjesprins, zoals Pruisisch Blauw, en soms omdat er de sfeer van een verwoestende brand omheen hing, zoals bij Gebrande Terrasiena. De deksel van de kist was een hardboard blad, afneembaar, waarop een karaf met penselen stond, nog een met terpentijnolie, en een golf van verschillende kleuren verf die de penselen vermengden in een veelkleurige zee. De achthoekige tegels van de vloer waren op dat stuk verdwenen onder een grijze korst die in de loop der jaren van de penselen was gedruppeld. Daaromheen stonden rollen geprepareerd doek, aan mijn vader verschaft door zijn opdrachtgevers; dezelfden die later, nadat ze hem een paar lire hadden overhandigd, het voltooide product zouden doorsluizen naar de straatverkopers, degenen die de koopwaar aanboden op de trottoirs van de stad, op wijkmarktjes, tijdens dorpsfeesten. Het huis was doordrongen van de geur van olieverf en terpentijn, maar niemand van ons merkte daar meer iets van. Amalia had bijna twintig jaar naast mijn vader geslapen zonder ooit te klagen.

Ze klaagde echter wel toen hij ophield vrouwenportretten te maken voor de Amerikaanse matrozen, of uitzichten op de golf, en begon te werken aan de halfnaakte, dansende zigeunerin. Uit die periode bewaarde ik een verwarde herinnering, die meer was geïnspireerd door de verhalen van Amalia dan door rechtstreekse ervaring: ik was amper vier jaar. De wanden van de slaapkamer raakten vol met exotische vrouwen in levendige kleuren, afgewisseld met voorstudies van naakten gearceerd met bloedrode vetkrijt. Vaak waren de poses van de zigeunerinnen slecht gekopieerd van bepaalde foto's van vrouwen die mijn vader in een doos in de kast verstopte, en waar ik stiekem naar ging gluren. Andere keren namen bepaalde olieverfschetsen de vorm van de naakten in vetkrijt aan.

Ik twijfelde er niet over dat de studies in vetkrijt het lichaam van mijn moeder voorstelden. Ik beeldde me in dat 's avonds, als ze de deur van hun slaapkamer dichtdeden, Amalia haar kleren uittrok, poses aannam zoals de vrouwen die naakt op de foto's in de kast stonden en zei: 'Teken maar.' Dan nam hij een rol gelig papier, haalde er een stuk af en tekende. Het haar lukte hem altijd het beste. Hij gaf de vrouwen geen gezicht maar op de lege ovaal van hun gelaat schetste hij doeltreffend een majestueuze constructie, die zonder twijfel gelijkenis vertoonde met het mooie kapsel dat Amalia kon maken met haar lange haar. Ik lag te woelen in mijn bed en kon niet slapen.

Toen onze vader zijn zigeunerin voltooid had, was ik er zeker van en Amalia ook: die zigeunerin was zij: minder mooi, met vreemde proporties, knoeierig geverfd, maar wel zij. Caserta zag haar en zei dat het niks was, dat het niet zou verkopen. Hij leek geïrriteerd. Amalia kwam tussenbeide, zei dat ze het met hem eens was. Er ontstond een discussie. Zij en Caserta schaarden zich tegen mijn vader. Ik hoorde hun stemmen door dat trappenhuis galmen. Toen Caserta wegging, sloeg mijn vader Amalia zonder waarschuwing twee keer in haar gezicht met zijn rechterhand, eerst met de handpalm en toen met de rug van zijn hand. Dat gebaar herinnerde ik me heel precies, met die golfbeweging die eerst gaat en dan komt: het was de eerste keer dat ik het hem zag doen. Zij rende de gang door, het berghok in, en probeerde zich daarin op te sluiten. Ze werd eruit getrokken en geschopt. Eén trap trof haar in haar zij en sloeg haar tegen de slaapkamerkast aan. Amalia stond weer op en rukte alle tekeningen van de wand. Ze werd ingehaald, bij haar haar gegrepen en met haar hoofd tegen de spiegel van de kast geslagen, die brak.

De zigeunerin viel zeer in de smaak, vooral op jaarmarkten in de provincie. Er waren veertig jaar voorbijgegaan en mijn vader maakte haar nog steeds. Met de tijd was hij er heel bedreven in geworden. Hij keek naar het witte doek op de ezel en schetste met geoefende hand haar omtrekken. Dan werd het lichaam bronskleurig met roodachtige fonkelingen. Haar buik kreeg een ronding, de borsten zwollen op, de tepels verhieven zich. Intussen ontsprongen er stralende ogen, rode lippen, en een heleboel zwart haar, gekamd op die typische manier van Amalia, die met de tijd ouderwets was geworden maar wel suggestief was. In enkele uren was het doek voltooid. Hij maakte de punaises waarmee het vastzat los, hing het aan de muur om het te laten drogen en plaatste een nieuw, wit doek op de ezel. En dan begon hij van voren af aan.

Als tiener zag ik die vrouwenfiguren vaak het huis verlaten in de handen van vreemden die meestal niet zuinig waren met hun grove opmerkingen in dialect. Ik snapte het niet, en misschien viel er niets te snappen. Hoe kon het dat mijn vader dat lichaam, dat hij als het nodig was met moordlustige drift verdedigde, in gedurfde en verleidelijke houdingen in handen gaf van vulgaire mannen? Waarom legde hij haar zedeloze poses op, terwijl hij bereid was om voor een glimlach of een blik die niet nederig genoeg was, beestachtig tekeer te gaan, zonder medelijden? Waarom liet hij tientallen, honderden kopieën op straat en in vreemde huizen achter, terwijl hij zo bezitterig was ten opzichte van het origineel? Ik keek naar Amalia die tot laat in de nacht over haar naaimachine gebogen zat. En ik dacht dat ook zij, terwijl ze zo stilzwijgend en verwoed zat te werken, zich die vragen stelde.

21

De deur van het appartement stond halfopen. Ik voelde dat ik aarzelde en daarom ging ik zo vastberaden naar binnen dat de deur met veel kabaal tegen de muur klapte. Er kwam geen reactie. Ik werd alleen getroffen door een indringende geur van verf en rook. Ik ging de slaapkamer binnen met een gevoel alsof de rest van het appartement door de jaren was vernield. Daarentegen wist ik zeker dat in die kamer alles ongewijzigd was gebleven: het tweepersoonsbed, de kast, de toilettafel met de rechthoekige spiegel, de schildersezel bij het raam, de opgerolde doeken in alle hoeken, de brandingen, de zigeunerinnen en de idyllische landschappen. Mijn vader zat met zijn brede, gebogen rug naar me toe, in zijn hemd. Zijn spitse schedel was kaal en zat vol donkere vlekken. Zijn nek was bedekt met warrig wit haar.

Ik ging een beetje naar rechts om het doek waaraan hij zat te werken in de juiste lichtval te bekijken. Hij schilderde met open mond, de leesbril op het puntje van zijn neus. In zijn rechterhand hield hij het penseel dat zich, na de verf licht te hebben aangestipt, doelbewust over het doek bewoog; tussen de wijsvinger en de middelvinger van zijn linkerhand hield hij een brandende sigaret, waarvan de helft al een askegel was die elk moment op de grond kon vallen. Na enkele penseelstreken leunde hij naar achteren en bleef gedurende een paar lange seconden roerloos zitten; toen slaakte hij een soort 'ah', een licht geluidsschokje, en begon weer verf te mengen terwijl hij aan zijn sigaret trok. Het schilderij was nog niet ver gevorderd: de golf lag loom in een blauwe vlek; er was meer werk besteed aan de Vesuvius onder een vuurrode hemel.

'De zee kan niet blauw zijn als de hemel vuurrood is', zei ik.

Mijn vader draaide zich om en keek me over zijn brillenglazen aan.

'Wie ben jij?' vroeg hij in dialect, met een vijandige gezichtsuitdrukking en toon. Hij had grote, donkere wallen onder zijn ogen. Mijn meest recente herinnering aan hem kon amper aansluiten bij dat gelige gezicht waarop nog allerlei gemoedstoestanden vielen af te lezen.

'Delia', zei ik.

Hij zette het penseel in een van de karaffen. Hij kwam met een langdurig gekreun uit zijn keel omhoog van zijn stoel en draaide zich naar me toe met zijn benen uit elkaar, zijn bovenlichaam gebogen, terwijl hij zijn met verf besmeurde handen afveegde aan zijn afgezakte broek. Hij keek me met toenemende aarzeling aan. Toen zei hij, oprecht verwonderd:

'Je bent oud geworden.'

Ik merkte dat hij niet wist of hij me moest omhelzen, zoenen, uitnodigen om te gaan zitten, of beginnen te schreeuwen en me het huis uit jagen. Hij was verrast, maar niet op een aangename manier: mijn aanwezigheid hoorde daar niet, misschien wist hij niet eens zeker of ik zijn oudste dochter was. De zeldzame keren dat we elkaar gezien hadden, nadat hij en Amalia uit elkaar waren gegaan, hadden we ruzie gemaakt. Volgens hem moest een goede dochter overgaan op een versteende, zwijgende en meegaande adolescentie.

'Ik ben zo weer weg', stelde ik hem gerust. 'Ik ben alleen gekomen omdat ik iets over mijn moeder wilde weten.'

'Ze is dood', zei hij. 'Ik bedacht net dat ze eerder is gestorven dan ik.'

'Ze heeft zelfmoord gepleegd', sprak ik duidelijk, maar zonder nadruk.

Mijn vader trok een grimas en het viel me op dat zijn bovenste voortanden ontbraken. Die van onderen waren lang en geel geworden.

'Ze is gaan zwemmen bij Spaccavento,' bromde hij, 'midden in de nacht, als een jonge meid.'

'Waarom ben je niet naar de begrafenis gekomen?'

'Dood is dood.'

'Je had wel moeten komen.'

'Kom jij naar de mijne?'

Ik dacht even na en antwoordde: 'Nee.'

De grote wallen onder zijn ogen werden purper.

'Jij komt niet omdat ik na jou doodga', bromde hij. Toen sloeg hij me ineens met zijn vuist, zonder dat ik het zag aankomen.

Ik ving de slag op met mijn rechterschouder en deed mijn best om het deel van mij dat door die beweging verpletterd werd in bedwang te houden. De lichamelijke pijn vond ik daarentegen wel meevallen.

'Je bent net zo'n sloerie als je moeder', zei hij met stokkende adem, en intussen hield hij zich aan de stoel vast om niet te vallen. 'Jullie hebben me hier achtergelaten als een beest.'

Ik zocht mijn stem in mijn keel en pas toen ik zeker wist dat ik hem had vroeg ik: 'Waarom ben je naar haar huis gegaan? Je hebt haar tot het einde toe lastig gevallen.'

Hij wilde me opnieuw slaan, maar deze keer was ik erop voorbereid: hij miste me en werd nog driftiger.

'Wat dacht ze over mij?' begon hij te schreeuwen. 'Ik wist nooit wat ze dacht. Ze loog tegen me. Jullie logen allemaal tegen me.'

'Waarom ben je naar haar huis gegaan?' herhaalde ik rustig.

Hij zei: 'Om haar te vermoorden. Omdat ze dacht dat ze van haar oude dag kon genieten en mij in deze kamer kon laten wegrotten. Kijk maar eens wat ik hier heb. Kijk maar eens.'

Hij hief zijn rechterarm op en toonde me zijn oksel. Er zaten twee paarsige puisten tussen het okselhaar dat krulde van het zweet.

'Daar ga je niet aan dood', zei ik.

Hij liet zijn arm zakken, uitgeput van de spanning. Hij wilde zijn bovenlijf oprichten maar zijn ruggegraat kwam niet meer dan een paar centimeter overeind. Hij bleef staan met gespreide benen, één hand om de stoel geklemd, terwijl er een slijmerig gerochel uit zijn borst opsteeg. Misschien dacht ook hij dat het enige op de wereld op dat moment die vloer was, en de stoel waaraan hij zich vasthield.

'Ik heb hen een week lang gevolgd', bromde hij. 'Hij kwam elke avond om zes uur, goed gekleed, colbert en stropdas: hij leek wel een modepop. Een half uur later kwamen ze naar buiten. Zij had nog altijd die oude vodden van haar aan, maar ze droeg ze zo dat ze jonger leek. Je moeder was een leugenachtige, ongevoelige vrouw. Ze liep naast hem en ze praatten. Dan gingen ze bij een restaurant naar binnen, of bij een bioscoop. Ze kwamen er gearmd uit en zij stelde zich aan zoals ze altijd deed zodra er een man in de buurt was: haar stem zus, haar hand zo, haar hoofd zus, haar heupen zo.'

Onder het praten wapperde hij minachtend met een slap handje ter hoogte van zijn borst, wiebelde met zijn hoofd en knipperde met zijn wimpers, tuitte zijn lippen en wiegde met zijn heupen. Hij veranderde van tactiek. Eerst wilde hij me bang maken, nu wilde hij me amuseren door Amalia belachelijk te maken. Maar hij had niets van haar weg, van geen van de Amalia's die we verzonnen hadden, zelfs niet van de slechtste versies. En er was niets grappigs aan hem. Hij was gewoon een oude man, ontdaan van enige menselijkheid door zijn ontevredenheid en wreedheid. Misschien verwachtte hij een teken van solidariteit, een lichte glimlach. Ik vertikte het. Ik wendde juist al mijn energie aan om mijn afkeer te onderdrukken. Hij merkte het en schaamde zich. Hij stond bij het doek waaraan hij werkte, en plotseling besefte ik dat hij met die vuurrode hemel een vulkaanuitbarsting had willen schilderen.

'Je hebt haar vernederd, zoals gewoonlijk', zei ik.

Mijn vader schudde verward zijn hoofd en ging steunend weer zitten.

'Ik ben tegen haar gaan zeggen dat ik niet meer alleen wilde wonen', bromde hij en keek minachtend naar het bed naast hem.

'Wilde je dat ze weer bij jou kwam wonen?'

Hij antwoordde niet. Er kwam een oranje licht door het raam, dat tegen de ruit sloeg, in de spiegel van de kast scheen en zich door de kamer verspreidde, zodat de rotzooi en het vuil duidelijk opvielen.

‘Ik heb veel geld opzij gezet’, zei hij. ‘Dat heb ik tegen haar gezegd: ik heb veel geld.’

Hij zei nog wat, maar ik hoorde het niet meer. Terwijl hij praatte zag ik zijdelings, onder het raam, het paneel dat ik als kind zo mooi had gevonden in de etalage van de gezusters Vossi. De twee schreeuwende vrouwen wier gezichten bijna aaneensloten – van rechts naar links geslingerd in een beweging waarvan de handen, de voeten, een deel van de hoofden was afgesneden, alsof het paneel hen niet had kunnen beteugelen of alsof het abrupt was afgezaagd – waren daar terechtgekomen, in die kamer, tussen de brandingen, de zigeunerinnen en de herderinnetjes. Ik slaakte een diepe zucht van uitputting.

‘Dat heeft Caserta je gegeven’, zei ik terwijl ik naar het schilderij wees. En ik realiseerde me dat ik me vergist had: het was niet mevrouw De Riso geweest die hem over Caserta en Amalia verteld had. Het was Caserta zelf geweest. Hij was gekomen, had hem dat cadeau gegeven dat hij al jaren mooi vond, had over zichzelf gepraat, had tegen hem gezegd dat de ouderdom vreselijk was, dat zijn zoon hem op straat had gezet, en dat er tussen hem en Amalia altijd een toegenegen, respectvolle vriendschap had bestaan. En mijn vader had hem geloofd. En misschien had hij ook over zichzelf verteld. En ze waren vast en zeker tot de slotsom gekomen dat ze allebei verwaarloosd waren en in dezelfde ellende zaten. Ik had het gevoel dat ik een voorwerp was, op mysterieuze wijze midden in de kamer balancerend.

Mijn vader zat onrustig op zijn stoel.

‘Amalia heeft tegen me gelogen,’ barstte hij los, ‘ze heeft nooit tegen me gezegd dat jij niks gezien of gehoord had.’

‘Je stierf van verlangen om Caserta hartstikke dood te slaan. Je wilde je van hem ontdoen omdat je dacht dat je met die zigeunerinnen eindelijk geld zou gaan verdienen. Je vermoedde dat Amalia hem leuk vond. Toen ik je kwam vertellen dat ik ze samen had gezien in de kelder van de banketbakkerij, had jij je al meer voorgesteld dan ik tegen je zei. Wat ik tegen je zei, diende alleen om jezelf te rechtvaardigen.’

Hij staarde me verbaasd aan.

'Herinner jij je dat nog? Ik herinner me niets meer.'

'Ik herinner me alles, of bijna alles. Ik weet alleen de woorden van toen niet meer. Maar de afschuw die ze opriepen, herinner ik me wel en die ervaar ik iedere keer opnieuw als in deze stad iemand zijn mond opendoet.'

'Ik dacht dat jij het je niet herinnerde', bromde hij.

'Ik herinnerde het me wel, maar ik kon het mezelf niet vertellen.'

'Je was nog klein. Hoe kon ik me indenken...'

'Dat had je je kunnen indenken. Je kon het je altijd heel goed indenken als het erom ging haar pijn te doen. Je bent naar Amalia gegaan om haar te zien lijden. Je hebt tegen haar gezegd dat Caserta expres naar je toegekomen was om je over hun tweeën te vertellen. Je hebt tegen haar gezegd dat hij het over mij gehad had, over hoe ik had gelogen, veertig jaar geleden. Je hebt alle schuld op haar geladen. En je hebt haar ervan beschuldigd dat ze een ziekelijk, liegend kind van me gemaakt had.'

Mijn vader probeerde opnieuw van zijn stoel te komen.

'Je was als kind al een kreng', schreeuwde hij. 'Jij hebt je moeder ertoe aangezet om bij me weg te gaan. Jullie hebben me gebruikt en daarna hebben jullie me weggegooid.'

'Je hebt haar hele leven verwoest', wierp ik tegen. 'Je hebt haar nooit geholpen gelukkig te worden.'

'Gelukkig? Ik ben zelf ook nooit gelukkig geweest.'

'Dat weet ik.'

'Zij vond Caserta beter dan mij. Weet je nog van de cadeaus die ze kreeg? Ik wist heel goed dat Caserta die expres stuurde, om wraak te nemen: vandaag fruit; morgen een boek; dan een jurk; dan bloemen. Ze wist dat hij het deed zodat ik haar zou wantrouwen en haar in elkaar zou slaan. Ze hoefde die cadeaus alleen maar te weigeren. Maar dat deed ze niet. Ze nam de bloemen aan en zette ze in een vaas. Ze las het boek zonder zich zelfs maar te verbergen. Ze deed de jurk aan en ging de deur uit. En daarna liet ze zich tot bloedens toe slaan. Ik kon haar niet vertrouwen. Ik snapte niet wat ze in haar hoofd had. Ik snapte niet wat ze dacht.'

Ik mompelde, wijzend op het paneel achter hem: 'Jij kunt ook geen nee zeggen tegen de cadeaus van Caserta.'

Hij draaide zich om en keek naar het schilderij, niet op zijn gemak.

'Dat heb ik gemaakt', zei hij. 'Dat is geen cadeau. Het is van mij.'

'Dat had je nooit gekund', mompelde ik.

'Ik heb het gemaakt toen ik jong was', hield hij vol, en ik had het idee dat hij me smeekte hem te geloven. 'Ik heb het in 1948 aan de gezusters Vossi verkocht.'

Ik ging zonder dat hij het vroeg op het bed zitten, naast zijn stoel. Ik zei zachtjes tegen hem: 'Ik ga weg.'

Hij schrok op.

'Wacht.'

'Nee', zei ik.

'Ik zal je niet lastig vallen. We kunnen het goed hebben samen. Wat voor werk doe je?'

'Stripverhalen.'

'Brengt dat wat op?'

'Ik heb niet veel behoeften.'

'Ik heb geld opzij gezet', herhaalde hij.

'Ik ben gewend met weinig rond te komen', zei ik. En ik dacht erover hem uit het kinderlijke gedeelte van mijn geheugen te jagen door hem hier en nu te omhelzen, hem menselijk te maken zoals hij misschien in feite was, ondanks alles. Ik wachtte te lang. Hij sloeg me opnieuw, tegen mijn borst. Ik deed alsof ik geen pijn gevoeld had. Ik duwde hem terug, stond op en ging weg zonder zelfs maar een blik te werpen naar de andere kant van de gang.

'Jij bent ook oud', gilde hij achter me aan. 'Trek die jurk uit. Je ziet er vreselijk uit.'

Terwijl ik naar de deur liep, had ik het gevoel dat ik wankel balanceerde op een stuk vloer van het huis van veertig jaar geleden: het kon mijn vader, zijn schildersezel en de slaapkamer nog net tillen, maar ik vreesde dat het met mijn gewicht erbij zou instorten. Ik rende haastig naar de overloop en liet de deur angstvallig op een kier staan. Eenmaal buiten bekeek ik mijn jurk. Toen pas merkte ik vol afschuw dat er ter hoogte van mijn schaamstreek een grote vlek met een witachtige rand zat. Op die plek was de stof donkerder, en als je eraan voelde leek het hard geworden.

22

Ik stak de weg over. Toen ik de hoek om was, herkende ik direct de winkel met 'Koloniale waren' die van Caserta's vader was geweest. Er waren twee houten planken kruiselings over het rolluik getimmerd, dat aan een kant omkrulde als de hoek van een bladzijde in een boek. Boven de ingang hing een bord, besmeurd met modder, waarop je met moeite kon lezen: speelhal. Door de zwarte driehoek die het gammele rolluik vrijliet kwam een kat met gele ogen naar buiten. Er wiebelde een muizenstaartje tussen zijn lippen. Hij keek me verschrikt aan, kroop toen behoedzaam tussen de planken en het rolluik door en liep weg.

Ik begaf me langs de muur van het gebouw. Ik vond de luchtgaten van de kelders. Ze waren precies zoals ik me ze herinnerde: rechthoekige openingen op een halve meter van het plaveisel, met negen tralies ervoor en overdekt met een fijn rooster. Er kwam koele lucht uit, en een vochtige, stoffige geur. Terwijl ik mijn ogen afschermde en aan het donker probeerde te wennen, keek ik naar binnen. Ik zag niets.

Ik ging maar weer terug naar de ingang van de winkel, en bekeek de weg. Er was een gegons van kinderstemmen waarin geen onrust klonk, in een straat die allerminst geruststellend was door zijn schemerige verloedering. De warme lucht was doordrongen van de sterke geur van gas, afkomstig van de raffinaderijen. Boven het water in de modderpoelen hingen zwermen insecten. Op de stoep aan de overkant deden kinderen van vier, vijf jaar wedstrijdjes op plastic driewielers. Blijkbaar werden ze lusteloos in de gaten gehouden door een man van een jaar of vijftig, met zijn broek om zijn buik gesjord onder een flink opbollend, gelig hemd. Hij had enorme armen, een lang, behaard bovenlijf en korte benen. Hij stond tegen de muur geleund, naast een ijzeren staaf die niet van hem leek te zijn: zo'n zeventig centimeter lang en met een spits toelopende punt, een overblijfsel van een oud hek dat daar was achtergelaten door een of ander jongetje dat hem tussen het vuilnis vandaan had gehaald om er gevaarlijke spelletjes mee te doen. De man rookte een sigaar en staarde me aan.

Ik stak de weg over en vroeg hem in dialect of hij lucifers voor me had. Hij haalde lamlendig een doosje keukenlucifers uit zijn zak en stak ze me toe, terwijl hij demonstratief naar de vlek op mijn jurk keek. Ik pakte er vijf en haalde ze een voor een tevoorschijn, alsof die blik van hem me niet in verlegenheid bracht. Hij vroeg toonloos of ik ook een sigaar wilde. Ik bedankte hem: ik rookte geen sigaren en geen sigaretten. Toen zei hij dat ik hier niet in mijn eentje moest rondlopen. Dit was geen veilige plek: er waren slechte mensen die zelfs kinderen lastig vielen. Hij wees naar hen terwijl hij de staaf vastgreep en ermee in hun richting zwaaide. Ze stonden elkaar uit te schelden in dialect.

'Kinderen of kleinkinderen?' vroeg ik.

'Kinderen en kleinkinderen', zei hij bedaard. 'De eerste die een vinger naar hen uitsteekt vermoord ik.'

Ik bedankte hem opnieuw en stak de weg weer over. Ik klom over een van de planken, bukte me en kroop in de donkere driehoek achter het rolluik.

23

Ik probeerde me te oriënteren alsof ik voor de toonbank stond met de exotische taferelen die mijn vader vele jaren geleden had geschilderd. Ik had het idee dat hij kolossaal was, zo hoog dat hij minstens vijf centimeter boven mijn hoofd uitstak. Toen realiseerde ik me dat ik sinds de tijd dat ik werkelijk voor die toonbank vol met drop en bruidssuikers had gestaan ten minste zeventig centimeter was gegroeid. Onmiddellijk zakte de wand van hout en metaal, die eventjes bijna twee meter hoog was geweest, omlaag tot aan mijn middel. Ik liep er behoedzaam omheen. Ik tilde zelfs mijn voet op om op de houten vlonder achter de toonbank te stappen, maar dat was nutteloos: er was natuurlijk geen toonbank en ook geen vlonder. Ik sleepte met mijn schoenzolen over de vloer en liep op de tast verder, maar ik vond niets, alleen puin en wat spijkers.

Ik besloot een lucifer aan te steken. De ruimte was leeg en er was geen herinnering in staat om hem te vullen: slechts een omgekeerde stoel scheidde me van de opening die toegang gaf tot de ruimte waar de vader van Caserta zijn machines voor het maken van gebak en ijsjes had staan. Ik liet de lucifer vallen om me niet te branden en ging de voormalige bakkerij in. Daarbinnen was rechts een blinde muur, maar bovenin de linker muur zaten wel drie rechthoekige openingen, getralied en bedekt met het rooster. De plek was dermate verlicht dat ik duidelijk een veldbed kon zien staan, waarop een donker lichaam lag uitgestrekt alsof het sliep. Ik schraapte mijn keel om te laten weten dat ik er was, maar er gebeurde niets. Ik stak weer een lucifer aan, kwam dichterbij en stak een hand uit naar de schaduw op het bed. Terwijl ik dat deed stootte ik met mijn zij tegen een soort fruitkistje. Er rolde iets op de grond maar de gedaante bewoog zich niet. Ik knielde neer, terwijl het vlammetje aan mijn vingertoppen likte. Op de tast zocht ik de vloer af naar het voorwerp dat ik had horen vallen. Het was een metalen zaklantaarn. De lucifer doofde. Het eerste wat ik in de straal van de zaklamp zag, was een zwarte plastic zak die op het bed was gelegd alsof er iemand lag te slapen. Op het matras zonder laken lagen een onderjurk en enige oude onderbroeken van Amalia.

'Ben je hier?' vroeg ik met schorre, bijna overslaande stem.

Er kwam geen antwoord. Ik scheen met de straal van de zaklamp in het rond. In een hoek was een touw van de ene naar de andere muur gespannen. Aan het touw hingen plastic kleerhangers met twee overhemden, een grijs colbert met de bijbehorende broek, netjes opgevouwen, en een regenjas. Ik bekeek de overhemden: ze waren van hetzelfde merk als het overhemd dat ik in het huis van mijn moeder had aangetroffen. Daarna rommelde ik in de zakken van het colbert en vond er wat kleingeld, zeven telefoonmuntjes, een tweedeklas kaartje Napels-Rome via Formia, gedateerd 21 mei, drie gebruikte buskaartjes, twee fruitsnoepjes, het betaalbewijs van een hotel in Formia, twee eenpersoonskamers op één rekening, drie bonnetjes van drie verschillende bars en de rekening van een restaurant in Minturno. Het treinkaartje was afgegeven op de dag dat mijn moeder uit Napels was vertrokken. Maar de rekeningen van het hotel en het restaurant droegen de datum van de 22e. Caserta en Amalia hadden een overvloedige maaltijd genuttigd: 2 couvert 6.000 lire; 2 voorgerechten van zeevruchten 30.000 lire; 2 gnocchetti met scampi 20.000 lire; 2 mixed grill van vis 40.000 lire; 2 bijgerechten 8.000 lire; 2 ijs 12.000 lire, 2 flessen wijn 30.000 lire.

Heel veel voedsel en wijn. Mijn moeder at heel weinig en als ze één slok wijn dronk begon haar hoofd al te draaien. Ik dacht terug aan het telefoontje dat ik van haar had gekregen, aan de obsceniteiten die ze tegen me gezegd had: misschien was ze toen niet angstig, misschien was ze alleen maar vrolijk; misschien was ze vrolijk en tegelijkertijd angstig. Amalia was zo onvoorspelbaar als een wegspringende scherf, ik kon haar niet vangen in één enkel bijvoeglijk naamwoord. Ze was op reis gegaan met een man die haar minstens evenzeer had gekweld als haar echtgenoot, en die haar op een subtiele manier nog steeds kwelde. Samen met hem was ze afgeweken van de draad die van Napels naar Rome voerde om af te buigen naar een hotelkamer, naar een nachtelijk strand. Ze was vast niet al te zeer van streek geraakt toen Caserta's fetisjisme met grotere vastberadenheid de kop op had gestoken. Ik voelde haar, daar in het halfduister, alsof ze zich in die zak op het bed bevond, ineengekrompen en nieuwsgierig, maar niet lijdend. Ze had beslist meer pijn gevoeld toen ze ontdekte dat die man haar met perverse volharding bleef najagen zoals hij jaren geleden had gedaan toen hij haar zijn cadeaus stuurde, wetend dat hij haar daarmee blootstelde aan de bruutheid van haar echtgenoot. Ik stelde me voor hoe verward ze was geweest toen ze erachter kwam dat Caserta naar mijn vader was gegaan om hem te vertellen over haar, over de tijd die ze samen doorbrachten. Ik zag haar voor me, verbaasd omdat mijn vader zijn vermoedelijke rivaal niet had vermoord, zoals hij altijd had gedreigd, maar in plaats daarvan rustig naar hem had geluisterd om vervolgens haar te bespioneren, te mishandelen, te bedreigen, te proberen zijn nabijheid weer aan haar op te dringen. Ze was in allerijl vertrokken, er waarschijnlijk zeker van dat haar ex-echtgenoot haar achtervolgde. Toen ze met mevrouw De Riso op straat liep was ze daar vast van overtuigd. Toen ze eenmaal in de trein zat had ze een zucht van opluchting geslaakt en misschien had ze gewacht tot Caserta kwam opdagen om een verklaring te geven, zodat ze het zou begrijpen. Ik stelde me haar voor, verward en vastberaden, alleen verankerd aan de koffer waar de cadeautjes voor mij in zaten. Ik schrok op en deed al die aanwijzingen van hun reis terug in de zak van Caserta's colbert. Onderin, tussen de naden, zat zand.

Toen ik mijn verkenning voortzette, stokte mijn adem. De rondzwervende straal van de zaklamp passeerde een vrouwelijke gedaante die rechtop tegen de muur voor het bed stond. Ik richtte de lichtcirkel op het silhouet waar ik een glimp van had opgevangen. Aan een kleerhanger die met een spijker aan de muur was bevestigd, hing keurig netjes het blauwe mantelpakje dat mijn moeder aanhad toen ze was vertrokken: het jasje en de rok van een stof die zo stevig was dat Amalia hem tientallen jaren lang met lichte ingrepen had kunnen aanpassen aan alle omstandigheden die zij belangrijk vond. De beide kledingstukken waren aan de kleerhanger bevestigd alsof degene die ze had aangehad alleen heel eventjes uit de kleren was gegleden, met de belofte weldra weer terug te keren. Onder de jas hing een blauwe blouse die ik goed kende. Aarzelend stak ik mijn hand door de halsopening en voelde een van Amalia's ouderwetse beha's die met een veiligheidsspeld aan de blouse was vastgemaakt. Ik voelde ook onder de rok: daar zat haar verstelde onderbroek. Op de vloer zag ik de versleten, ouderwetse schoenen die van haar waren geweest, met de lage hak die meerdere malen was gerepareerd, en de panty die er als een sluier bovenop lag.

Ik ging op de rand van het bed zitten. Ik moest zien te voorkomen dat het mantelpakje zich van de muur losmaakte. Ik wilde dat elk van die kledingstukken daar onbeweeglijk bleef hangen, en het restje energie dat Amalia erin achtergelaten had zou verbruiken. Ik liet elke steek losgetornd raken, de blauwe stof weer een ongeknipte lap worden die nog nieuw rook en nog niet eens was aangeraakt door Amalia die, jong, en in een Amerikaans jurkje met rode en blauwe bloemen, nog een keus stond te maken uit de rollen stof, in een winkel die helemaal naar lappen geurde. Ze stond het vrolijk te bespreken. Ze was nog steeds aan het bedenken wat ze voor zichzelf zou maken, ze aaide nog steeds over de zelfkant van de stof, ze lichtte er nog steeds een stukje van op om de biaisband te bekijken. Maar ik kon haar niet al te lang tegenhouden. Amalia zat al ijverig te werken. Ze spreidde het papier dat de delen van haar lichaam voorstelde op de stof uit. Ze maakte het vast met spelden, stukje bij beetje. Terwijl ze knipte hield ze de stof met haar linkerduim en middelvinger strak. Ze reeg. Ze naaide met losse steken. Ze paste, ze tornde, ze naaide opnieuw. Ze voerde. O, ik was gefascineerd door haar vaardigheid om een dubbelganger te maken. Ik zag het pakje groeien als een nieuw lichaam, een toegankelijker lichaam. Hoe vaak was ik niet heimelijk in de kast op de slaapkamer gekropen, had ik de deur weer dichtgedaan en had ik in het donker tussen haar kleren gezeten, onder de geurige rok van dat mantelpakje, haar lichaam inademend, mezelf ermee aankledend? Ik was verrukt over het feit dat zij uit het weefsel en de inslag van de stof een persoon kon halen, een masker dat warmte en geur opnam, dat een figuur, theater, verhaal leek. Zijzelf had me dan nooit toegestaan haar zelfs maar aan te raken, die sjabloon van haar was tot aan mijn adolescentie beslist vrijgevig geweest met indrukken, beelden, genoegens. Het mantelpakje leefde.

Dat dacht Caserta waarschijnlijk ook. Zijn lichaam had zich vast en zeker op dat pakje neergevleid, als er in de loop van het afgelopen jaar op latere leeftijd een verbondenheid tussen hen was ontstaan waarvan ik de intensiteit en implicaties niet goed kon inschatten. In dat pakje was zij haastig vertrokken, van streek door de onthullingen van mijn vader, achterdochtig, bevreesd dat ze nog steeds bespioneerd werd. In dat pakje had Amalia's lichaam Caserta aangeraakt toen hij plotseling naast haar was komen zitten in de trein. Hadden ze een afspraak? Nu zag ik hen samen, hoe ze elkaar in de coupé ontmoetten zodra ze buiten het gezichtsbereik van mevrouw De Riso waren. Amalia, nog altijd rank en slank, met haar ouderwetse kapsel; hij lang, mager, verzorgd: een mooi bejaard paar. Maar misschien hadden ze helemaal niks afgesproken: Caserta was haar op eigen initiatief de trein in gevolgd, was naast haar gaan zitten, was innemend tegen haar begonnen te praten zoals hij blijkbaar kon zijn. Ik betwijfelde het overigens, hoe het ook gegaan was, dat Amalia van plan was met hem bij mij aan te komen: misschien had Caserta alleen aangeboden haar tijdens de reis gezelschap te houden, misschien was zij onderweg begonnen te vertellen over onze vakantieperiodes, misschien was ze begonnen, zoals haar de laatste maanden vaker overkwam, de betekenis van de dingen te verliezen, mijn vader te vergeten, te vergeten dat die man die naast haar zat geobsedeerd was door haar, door haar persoon, door haar lichaam, door haar manier van doen, maar ook door een vendetta die steeds abstracter, steeds minder wezenlijk werd, louter een geestverschijning tussen de vele andere geestverschijningen van de ouderdom.

Of nee: zij had hem nog steeds goed door en had nu al een ontwerp bedacht, net als ze met kleding deed, voor de wending die ze aan de laatste gebeurtenissen van haar leven zou geven. In ieder geval was het doel van de reis ineens veranderd, en niet op aandringen van Caserta. Het was beslist Amalia geweest die hem ertoe had aangezet in Formia uit te stappen. Hij kon er geen enkel belang bij hebben om terug te keren naar de plaatsen waar wij (mijn vader, zij, ik, mijn zussen) in de jaren vijftig in zee hadden gezwommen. Het was echter wel mogelijk dat Amalia, ervan overtuigd dat mijn vader hen nog steeds bespioneerde vanuit wie weet welke verstopplaats, had besloten die blik achter zich aan te slepen over wegen die hem konden doen verstenen.

Ze hadden in een bar wat gegeten, ze hadden wat gedronken, en er was beslist een nieuw spel tussen hen ontstaan, dat Amalia niet had voorzien maar waardoor ze wel verleid werd. Het eerste telefoontje dat ik van haar had gekregen, getuigde van een losbandigheid die haar opwond maar haar tegelijkertijd van haar stuk bracht. En hoewel ze twee aparte kamers hadden genomen in het hotel, ging ik door dat tweede telefoontje twijfelen of Amalia zich in haar eigen kamer had opgesloten. In dat oude pakje voor belangrijke gebeurtenissen voelde ik de kracht die haar het huis uit duwde, ver weg van mij, en die het risico nam dat ze nooit meer terug zou komen. In die blauwe stof zag ik de nacht van het berghok dat aan haar slaapkamer grensde, waarin ik me opsloot om de angst te bestrijden, de angst haar voor altijd te verliezen. Nee, Amalia was niet op haar eigen kamer gebleven.

De volgende dag waren ze samen naar Minturno gegaan, waarschijnlijk met de trein, misschien met de bus. 's Avonds hadden ze gedineerd zonder zich om de kosten te bekommeren, vrolijk, zozeer zelfs dat ze twee flessen wijn hadden besteld. Toen waren ze over het nachtelijke strand gaan wandelen. Ik wist dat mijn moeder op het strand de kledingstukken had aangedaan die ze aanvankelijk aan mij had willen geven. Misschien had Caserta haar aangespoord zich uit te kleden en de jurken, de lingerie en de peignoir aan te doen die hij voor haar had verduisterd uit de Vossi-winkel. Misschien had Amalia het uit zichzelf gedaan, ongeremd vanwege de wijn, geobsedeerd door de neurotische bewaking van haar ex-echtgenoot. Het was uitgesloten dat er geweld had plaatsgevonden: het geweld dat bij de autopsie had kunnen worden vastgesteld, was niet vastgesteld.

Ik zag haar uit haar oude mantelpakje glijden en ik had de

indruk dat het pakje stijf en verlaten achterbleef, boven het koude zand hangend zoals het nu tegen de muur hing. Ik zag haar terwijl ze zich in die exclusieve lingerie en die veel te jeugdige jurken wrong, wankelend van dronkenschap. Ik zag haar totdat ze zich uitgeput in de satijnen peignoir had gehuld. Ze moest hebben gevoeld dat er iets voorgoed was losgeraakt: met mijn vader, met Caserta, misschien zelfs met mij, toen ze had besloten het reisdoel te veranderen. Zijzelf was losgeraakt: de telefoontjes die ze me had gegeven, naar alle waarschijnlijkheid in gezelschap van Caserta, wilden me met hun vrolijke wanhoop misschien alleen maar wijzen op de verwarrende situatie waarin ze zich bevond, de ontreddering die zich van haar meester maakte. Het was vast en zeker uit eigen vrije wil geweest dat ze naakt het water in ging. Ik voelde hoe ze het idee had dat ze vastzat tussen vier pupillen, en werd onteigend door twee blikken. En ik voelde hoe ze er uitgeput achter kwam dat mijn vader er niet was, dat Caserta zijn eigen fantasiebeelden najoeg van een oude man die er niet meer helemaal bij is, dat de toeschouwers van die enscenering afwezig waren. Ze had de satijnen peignoir laten zakken en had alleen de beha van Vossi aangehouden. Waarschijnlijk zat Caserta erbij te kijken zonder iets te zien. Maar daar was ik niet zeker van. Misschien was hij al weggegaan met Amalia's kleren. Of misschien had zij hem zelf opgedragen weg te gaan. Ik betwijfelde of het zijn eigen idee was geweest om de kleding en de lingerie mee te nemen. Ik wist echter wel zeker dat Amalia hem had opgedragen mij de cadeaus te overhandigen, en dat hij haar dat beloofd had: de laatste ruil, om dat oude ondergoed te bemachtigen dat hij zo graag wilde hebben. Ze hadden vast over mij gepraat, over wat ik als kind had gedaan. Of misschien figureerde ik al lang in het sadistische spelletje dat Caserta leidde. Het stond vast dat ik een overheersende rol speelde in zijn seniele spookbeelden en dat hij zich op me wilde wreken alsof ik het kind van veertig jaar geleden was. Ik stelde me voor hoe Caserta op het strand zat, versuft door het rumoer van de branding en door de vochtigheid, even verward als Amalia, net zo dronken als zij, niet in staat te begrijpen waar het spel toe had geleid. Ik was bang dat hij zich niet eens gerealiseerd had dat de muis waarmee hij een groot deel van zijn leven had gespeeld hem ontsnapte om zich te gaan verdrinken.

24

Ik stond op van het bed, vooral om die blauwe gedaante die aan de muur tegenover me hing niet meer te hoeven zien. Ik ontwaarde het trapje naar de deur die op de binnenplaats van het gebouw uitkwam. Het waren vijf treetjes, dat herinnerde ik me goed: als ik met Antonio speelde sprongen we daar vaak op en af terwijl zijn opa gebak maakte. Ik telde ze terwijl ik omhoogliep. Bovenaan merkte ik tot mijn verbazing dat de deur niet gesloten was maar op een kier stond: het slot was kapot. Blijkbaar ging de oude man hierdoor naar binnen en naar buiten. Ik deed de deur open en ging in de hal staan: aan de ene kant was een poort die op de binnenplaats uitkwam, aan de andere kant de trap die leidde naar de bovenste verdieping waar Caserta vroeger gewoond had. Over die treden waren Filippo en mijn vader achter hem aangerend om hem te vermoorden. Hij had eerst geprobeerd terug te vechten; daarna had hij dat opgegeven.

Ik keek omhoog, van onderaan de trap, en het deed pijn aan mijn nek. Ik keek met een blik die tientallen jaren oud was en me meer wilde tonen dan ik nu kon zien. Het verhaal, in duizenden onsamenhangende beelden gebroken, had moeite zich aan te passen aan de stenen en het ijzer. In plaats daarvan vond het geweld nu plaats, zich vastklemmend aan de trapleuning, en ik had het idee dat het hier – hier, niet daar – veertig jaar lang was blijven schreeuwen. Caserta had niet langer teruggevochten, niet omdat hij daar geen kracht voor had of omdat hij toegaf schuldig te zijn of uit lafheid, maar omdat oom Filippo, op de vierde verdieping, Antonio had vastgegrepen en kijk – daar hing hij, ondersteboven aan zijn enkels, vloekend in een vijandig dialect, de taal van mijn moeder. Mijn oom was jong, had allebei zijn armen nog, en hij dreigde het kind te laten vallen als Caserta zich ook maar zou durven verroeren. Mijn vaders taak was eenvoudig.

Ik liet de deur openstaan en ging terug het souterrain in. Met de zaklamp zocht ik het deurtje dat toegang gaf tot het lager gelegen gedeelte van de kelder. In mijn herinnering was het van gelakt ijzer, misschien bruin. Ik vond er een van hout, niet meer dan vijftig centimeter hoog: meer een luik dan een deur, op een kier. Er zat een oogje op het deurtje zelf en een op de deurstijl: in dat laatste was een geopend hangslot gestoken.

Bij het zien van dat deurtje moest ik onmiddellijk toegeven dat het beeld van Caserta en Amalia die daardoor naar buiten kwamen of naar binnen gingen, rechtop en stralend, soms gearmd, soms elkaars hand vasthoudend, zij in haar mantelpakje, hij met zijn kameelharen jas, een leugen van mijn geheugen was. Zelfs Antonio en ik moesten ons bukken als we daar doorheen gingen. De kindertijd is een fabriek van leugens die steeds blijven terugkomen: zo was de mijne althans geweest. Maar ik hoorde de kinderen op straat joelen en ik had het idee dat zij niet anders waren dan ik was geweest: ze gilden in hetzelfde dialect; ieder van hen voelde zich bijzonder: ze waren een verzinsel, terwijl ze 's avonds op de smerige stoep leefden onder het toeziend oog van de man met het hemd. Ze fietsten op hun driewielers en riepen scheldwoorden naar elkaar, afgewisseld met scherpe kreten van plezier. Scheldwoorden met een seksuele achtergrond: over hun obscene jargon heen klonk af en toe, met nog heftigere obsceniteiten, de stem van de man met de staaf.

Ik kreunde zachtjes. Ik hoorde mezelf tegen Antonio woorden nazeggen die niet anders waren dan de woorden waar ik nu naar luisterde, achter dat deurtje, in de zwarte ruimte van de kelder; en hij zei ze na tegen mij. Maar ik loog, terwijl ik die woorden zei. Ik deed alsof ik niet ik was. Ik wilde niet 'ik' zijn, als ik niet de ik van Amalia was. Ik deed wat ik me voorstelde dat Amalia stiekem deed. En bij gebrek aan wandelingen van haar waar ik bij kon zijn, legde ik haar mijn wandelingen van ons huis naar de zaak met 'Koloniale waren' van de oude Caserta op. Ze verliet het huis, ging de hoek om, duwde tegen de glazen deur, proefde room, wachtte op haar speelkameraadje. Ik was ik en ik was zij. Ik-zij hadden een afspraak met Caserta. Als Antonio door de deur van de binnenplaats verscheen, zag ik dan ook niet zijn gezicht, maar datgene in zijn gezicht wat deed denken aan het volwassen gezicht van zijn vader.

Ik hield van Caserta, zo intens als ik me voorstelde dat mijn moeder van hem hield. En ik verfoeide hem, want het fantasiebeeld van die geheime liefde was zo levendig en wezenlijk dat ik voelde dat ik nooit op dezelfde manier bemind zou kunnen worden: niet door hem, maar door haar, door Amalia. Caserta had alles genomen wat mij toekwam. Terwijl ik om de beschilderde toonbank heen liep, bewoog ik me zoals haar, ik praatte in mijn eentje met haar stem, ik knipperde met mijn wimpers, lachte zoals mijn vader niet wilde dat ze lachte. Daarna stapte ik op het houten vlonder en ging met een vrouwelijke manier van bewegen de bakkerij in. De opa van Antonio spoot golvende room uit de stoffen zak en keek me aan met zijn ondoorgrondelijke ogen, gesluierd door de hitte van de ovens.

Ik trok het luik open en scheen er met de zaklamp naar binnen. Ik hurkte in elkaar, knieën tegen de borst, hoofd gebogen. Zo gebogen kroop ik drie glibberige treetjes af. Terwijl ik dat stuk aflegde, ging ik ermee akkoord mezelf alles te vertellen: alles wat de leugens aan waarheid bevatten.

Ik was beslist Amalia toen ik op een dag de bakkerij leeg aantrof en dat deurtje open zag staan. Ik was Amalia die, naakt als de zigeunerin die mijn vader geschilderd had en waarover nu al wekenlang werd gescholden, gezworen en gedreigd, samen met Caserta de donkere kelder in kroop. Ik was, in de onvoltooid verleden tijd. Ik had het gevoel dat ik haar was, met haar gedachten, vrij en gelukkig, weggevlucht van de naaimachine, van de handschoenen, van de naald en de draad, van mijn vader, van zijn schilderijen, van het gelige papier waarop ze in bloedrode klodders was terechtgekomen. Ik was identiek aan haar en toch leed ik eronder dat die identiteit niet volledig was. Alleen in het spel konden we nog 'ik' zijn, en dat wist ik.

Kromgebogen, onderaan de drie treetjes achter het deurtje, keek Caserta me zijdelings aan en zei: 'Kom.' Terwijl ik fantaseerde dat zijn stem behalve dat werkwoord ook 'Amalia' uitsprak, ging hij licht met een knoestige vinger vol room omhoog over mijn been, onder het jurkje dat mijn moeder voor me gemaakt had. Die aanraking vond ik prettig. En ik merkte dat in mijn hoofd koppig de obsceniteiten plaatsvonden die de man intussen met hese stem stamelde terwijl hij me aanraakte. Ik onthield ze en ik had het idee dat hij ze zei met een lange rode tong die niet uit zijn mond kwam maar uit zijn broek. Ik hield mijn adem in. Ik voelde tegelijkertijd genot en angst. Ik probeerde beide te bedwingen, maar bemerkte verontwaardigd dat het spel niet goed lukte. Amalia voelde al het genot: voor mij bleef alleen de angst over. Hoe meer er gebeurde, hoe kwader ik werd, omdat ik niet 'ik' kon zijn in haar genot, en alleen maar beefde.

Caserta kwam trouwens ook niet erg overtuigend uit de verf. Soms lukte het hem wel om Caserta te zijn, maar soms verloor hij zijn gelaatstrekken. Daardoor raakte ik steeds meer van streek. Er gebeurde net zoiets als met Antonio: tijdens onze spelletjes was ik vol overtuiging Amalia, maar hij was zijn vader maar zwakjes, misschien uit een gebrek aan verbeeldingskracht. Op zo'n moment haatte ik hem. Als ik voelde dat hij Antonio was, was ik weer onbeduidend Delia daar beneden in de kelder, met een hand op zijn geslachtsdeel; en intussen speelde Amalia dat ze echt Amalia was, god weet waar, en mocht ik niet met haar meespelen, net zoals de kinderen op de binnenplaats soms beslisten.

Zodoende moest ik op een gegeven moment zwichten en toegeven dat de man die onderaan de drie treetjes van de kelder 'Kom' had gezegd, de verkoper van koloniale waren was, de in zichzelf gekeerde oude man die ijs en gebak maakte, de grootvader van de kleine Antonio, de vader van Caserta. Maar Caserta was het beslist niet: Caserta was vast en zeker ergens anders, bij mijn moeder. Dus duwde ik hem terug en rende huilend weg. Ik sprong op het stuk vloer dat mijn vader, zijn schildersezel en de slaapkamer bevatte. In het lompe dialect van de binnenplaats vertelde ik hem de obscene dingen die de man met me gedaan had en tegen me gezegd had. Ik huilde. Ik zag zijn oude gezicht, vervormd door de rode kleur en door de angst, duidelijk voor me.

Caserta, zei ik tegen mijn vader. Ik zei dat Caserta in de kelder van de bakkerij met haar goedvinden al die dingen bij Amalia had gedaan en tegen haar had gezegd die in werkelijkheid de opa van Antonio tegen mij had gezegd en misschien had gedaan. Hij hield op met werken en wachtte tot mijn moeder thuiskwam.

Iets zeggen is het verankeren van verloren tijd en ruimte. Ik ging op de laatste trede zitten, ervan overtuigd dat het precies die trede was geweest. Fluisterend herhaalde ik een voor een de obscene uitdrukkingen die de vader van Caserta veertig jaar geleden met groeiende opwinding tegen me had uitgekraamd. En ik besefte dat het in wezen dezelfde woorden waren die mijn moeder giechelend door de telefoon had gegild, voordat ze zich ging verdrinken. Woorden om elkaar te verliezen of elkaar terug te vinden. Misschien wilde ze me laten weten dat ook zij een hekel aan me had om wat ik haar veertig jaar geleden had aangedaan. Misschien wilde ze me op die manier duidelijk maken wie de man was die bij haar was. Misschien wilde ze me zeggen dat ik voorzichtig moest zijn, dat ik moest oppassen voor de seniele driften van Caserta. Of misschien wilde ze me eenvoudig bewijzen dat ook die woorden gerust gezegd konden worden en dat ze me, in tegenstelling tot wat ik mijn hele leven had gedacht, geen kwaad hoefden te doen.

Ik greep me vast aan die laatste hypothese. Ik zat daar, ineengedoken op de drempel van geplaagde fantasieën, te wachten tot Caserta kwam om tegen hem te zeggen dat het nooit mijn bedoeling was geweest hem schade te berokkenen. Ik was niet meer geïnteresseerd in de relatie tussen hem en mijn moeder: ik wilde slechts hardop opbiechten dat ik, toen en nu, niet hem gehaat had, misschien zelfs niet eens mijn vader: maar alleen Amalia. Zij was degene die ik kwaad wilde doen. Omdat ze me op de wereld had achtergelaten om in mijn eentje met de woorden van de leugen te spelen, zonder mate, zonder waarheid.

25

Maar Caserta vertoonde zich niet. In de kelder stonden alleen lege kartonnen dozen en oude flessen van limonade en bier. Ik kroop naar buiten, onder het stof, gehinderd door de lichte aanraking van de spinnenwebben, en liep terug naar het veldbed. Ik zag mijn bebloede slipje op de grond liggen en schopte het met de punt van mijn voet onder het bed. Ik vond het inmiddels erger om het op die plek te ontdekken als een deel van mij dat verduisterd was, dan me voor te stellen wat Caserta ermee gedaan had.

Ik ging terug naar de muur waaraan het blauwe pakje van Amalia hing. Ik haalde de kleerhanger eraf, legde de kleren voorzichtig op het bed, haalde het jasje eraf: de voering aan de binnenkant was versleten; de zakken waren leeg. Ik hield het voor me alsof ik wilde zien hoe het me stond. Toen nam ik een besluit: ik legde de zaklamp op het veldbed, trok mijn jurk uit en liet hem op de grond vallen; daarna kleedde ik me weer aan, zorgvuldig, zonder haast. Ik gebruikte de veiligheidsspeld waarmee Caserta de beha aan de blouse had vastgemaakt om de rok strak om mijn middel te houden: hij was te wijd. Ook het jasje zat ruim, maar toch deed ik het met een voldaan gevoel aan. Ik beschouwde dat oude pakje als de laatste vertelling die mijn moeder me had nagelaten en die me nu, met alle benodigde kunstgrepen, als gegoten zat.

Het verhaal kon ook saaier of boeiender zijn dan het verhaal dat ik mezelf verteld had. Ik hoefde maar aan een draad te trekken en hem in zijn verklarende rechtlijnigheid te volgen. Bijvoorbeeld, Amalia was samen met haar oude minnaar vertrokken en had een laatste geheime vakantie met hem doorgebracht, tijdens welke ze luidruchtig lachte, at en dronk, zich op het zand uitkleedde, en de kleren die ze mij cadeau wilde doen aan- en uittrok. Het spel van een bejaarde vrouw die doet alsof ze jong is, om een andere bejaarde plezier te doen. Ten slotte had ze besloten om naakt te gaan zwemmen. Maar omdat ze een beetje aangeschoten was, was ze te ver van de kant af gezwommen en was ze verdronken. Caserta was bang geworden, had alle spullen bij elkaar gegrepen en was ervandoor gegaan. Of kijk, daar rende ze naakt langs de vloedlijn en hij rende achter haar aan, allebei hijgend, allebei geschrokken, zij doordat ze zijn verlangens had ontdekt, hij doordat hij haar afkeer had ontdekt. Totdat Amalia had bedacht dat ze in het water aan hem kon ontsnappen.

Ja, ik hoefde maar aan een draad te trekken om met de mysterieuze persoon van mijn moeder te spelen, haar de ene keer verrijkend en de andere keer vernederend. Maar ik merkte dat ik er geen behoefte meer aan had en ik bewoog me in de lichtstraal precies zoals ik dacht dat zij zich bewoog. Nadat ik de zaklamp had uitgedaan, boog ik me in de richting van de lichtblauwe driehoek van het rolluik en stak mijn hoofd naar buiten. De straatlantaarns waren aan, maar het was nog wel licht. De kinderen renden niet meer en gilden niet meer. Ze stonden rondom een gebukte man, met zijn gezicht ter hoogte van hun gezichten en zijn handen op zijn knieën. Het was Caserta. Hij had een dichte bos wit haar op zijn hoofd en een beminnelijke uitdrukking. Ze stonden allemaal, de kleintjes en de grote, met hun schoenen in een glinsterende modderpoel. De kinderen waren bezig de snoepjes die hij net had uitgedeeld uit de papiertjes te halen.

Ik keek naar de magere oude man, goed geschoren, goed gekleed, met zijn bleke, gespannen gezicht, en voelde geen enkele behoefte meer om met hem te praten, om te weten, om hem te laten weten. Ik besloot over de stoep weg te glippen, de hoek om, maar hij draaide zich om en zag me. Hij was zo verbaasd dat hij niet in de gaten had wat er achter hem gebeurde. De man met het hemd had de staaf zorgvuldig tegen de muur gezet, had net zijn sigaar weggegooid en liep nu naar hem toe, recht voor zich uit kijkend, met zijn bovenlijf rechtop en met korte benen die bedachtzame, rustige stappen zetten. De kinderen deinsden terug, uit de modderpoel. Caserta bleef alleen achter in de spiegel van violetblauw water, met open mond, zijn ogen ontspannen op mij gericht. Die kalmte van hem hielp me op adem te komen. Ik ging de zaak met 'Koloniale waren' van veertig jaar geleden weer binnen, paste goed op dat ik niet tegen de toonbank met palmbomen en kamelen stootte, stapte op de houten vlonder, liep door de bakkerij, de oven, de machines, de werkbanken en de ovenplaten behendig ontwijkend, en ging door de deur die op de binnenplaats uitkwam. Eenmaal in de buitenlucht zocht ik de passende tred voor een volwassen persoon die geen haast heeft.

26

Het gas brandde in de nacht boven de schoorstenen van de raffinaderijen. Ik reisde in een sneltrein die tergend langzaam reed, nadat ik een verlichte coupé had gezocht en gevonden, zonder slapende passagiers. Ik wilde dat, zo niet de hele trein, dan toch op zijn minst mijn stoel tastbaar zou blijven. Ik vond een plaats bij een groepje jongens van een jaar of twintig, rekruten die terugkeerden van een kort verlof. In een bijna onverstaanbaar dialect toonden ze me met elke zin een paniekerige agressie. Ze hadden de trein gemist waarmee ze op tijd in de kazerne zouden zijn gekomen. Ze wisten dat ze gestraft zouden worden en ze waren bang. Maar dat gaven ze niet toe. In plaats daarvan maakten ze, al schreeuwend en ginnegappend, plannen om de officieren die hen zouden straffen, aan allerlei seksuele vernederingen te onderwerpen. Die zouden in een onbepaalde toekomst plaatsvinden, en in de tussentijd werden ze uitentreuren beschreven. De rekruten beweerden, zich tot mij wendend, maar dan zijdelings, dat ze voor niemand bang waren. Ze wierpen me steeds onbeschoftere blikken toe. Een van hen begon rechtstreeks tegen mij te praten en bood me bier aan uit het blikje waarvan hij had gedronken. Ik dronk. De anderen proestten zonder zich te kunnen inhouden, ze vielen tegen elkaar aan met samengetrokken lichamen van het ingehouden lachen en duwden elkaar dan weer hard weg, paars aangelopen.

In Minturno verliet ik hen. Ik bereikte Via Appia te voet, over verlaten wegen, tussen volkse, leegstaande vakantiehuisjes door. Het was nog donker toen ik het huis vond waar wij onze vakanties doorbrachten, een gebouw van twee verdiepingen met een spits dak, afgesloten en stil onder de dauwdruppels. Bij de eerste zonnestralen begaf ik me over een zandpad. Er zaten alleen roerloze mestkevers en hagedissen, wachtend tot het warm zou worden. De bladeren van de rietstengels waarmee ik voor mezelf en mijn zusjes adelaarsskeletten had gemaakt, maakten mijn mantelpakje doornat zodra ik er maar even langs streek.

Ik deed mijn schoenen uit en zette mijn pijnlijke voeten in het fijne zand, dat koud en vies was, tussen allerlei brokstukken. Ik ging bij de rand van de zee op een boomstronk zitten, wachtend tot de zon me zou verwarmen, maar ook om mijn aanwezigheid vast te klemmen aan een wrak dat stevig in het zand geworteld was. De zee was nu rustig en blauw onder de zon, maar de stralen bereikten de vloedlijn maar amper, zodat het zand in een grijze schaduw bleef liggen. Een lichte nevel die weldra zou optrekken slaagde er nu nog in het struikgewas, de heuvels, de bergen uit te vagen. Ik was al een keer teruggegaan naar deze plek, na de dood van mijn moeder. Ik had noch de zee, noch het strand gezien. Ik had alleen details gezien: de witte schaal van een schelp, heel precies gestreept; een krab met de segmenten van zijn onderlijf naar de zon gericht; het groene plastic van een verpakking van afwasmiddel; die stronk waar ik op was gaan zitten. Ik had me afgevraagd waarom mijn moeder had besloten op die plek te sterven. Ik zou het nooit te weten komen. Ik was de enige mogelijke bron van het verhaal, ik kon en wilde niet buiten mezelf zoeken.

Toen de zon me begon aan te stippen, hoorde ik Amalia, jong en vol verwondering over het verschijnen van de eerste bikini's.

Ze zei: 'Allebei de stukjes passen in één hand.' Zij droeg daarentegen een groen badpak dat ze zelf genaaid had, hooggesloten, stevig, in staat om haar vormen te verstikken, altijd hetzelfde, jarenlang. Uit voorzorg controleerde ze vaak of de stof niet omhoogkroop over haar dijen of haar billen. Op zondag had ze, schijnbaar uit eigen wil, een handdoek om zich heen geslagen alsof ze het koud had, op de ligstoel onder de parasol, naast mijn vader. Maar ze had het niet koud. Op zon- en feestdagen kwamen er vanuit het binnenland groepjes jongens met krullend haar naar het strand, met onfatsoenlijke zwembroeken, bruinverbrand in hun gezicht, hun hals en hun armen, voor de rest wit, schreeuwend, bekvechtend, onder elkaar verwikkeld, nu eens voor de lol en dan menens, in woeste gevechten in het zand of in het water. Als mijn vader, die de tijd aan de waterkant gewoonlijk doorbracht met het eten van kokkels die hij uit het zand viste, hen zag aankomen, sloeg zijn humeur om en nam hij een andere houding aan. Hij gebood Amalia niet onder de parasol vandaan te komen. Hij hield haar in de gaten om te zien of ze met een schuin oog naar hen keek. Als de jongens in het vuur van het spel, tot aan hun haren onder het zand, schaterlachend te dicht bij de parasol kwamen, kwam hij haastig naar ons toe en dan moesten we alle vier bij hem blijven zitten. Intussen verklaarde hij de jongens met woeste blikken de oorlog. Wij waren, zoals altijd, doodsbang.

Maar de meest ergerniswekkende herinnering aan die vakanties was de openluchtbioscoop, waar we vaak naartoe gingen. Om ons te beschermen tegen eventuele opdringerige mannen liet mijn vader mijn jongste zusje op de eerste stoel in de rij plaatsnemen, die aan het middenpad grensde. Dan moest mijn andere zus naast haar gaan zitten. Vervolgens kwam ik, dan mijn moeder en ten slotte hij. Amalia reageerde erop met een mengeling van geamuseerdheid en verwondering. Ik interpreteerde die plaatsverdeling echter als een teken van gevaar en werd steeds onrustiger. Als mijn vader op zijn plaats ging zitten en zijn arm om de schouders van mijn moeder legde, beschouwde ik dat gebaar als de laatste versterking tegen een onbekende dreiging die weldra zou worden onthuld.

De film begon maar ik voelde dat hij er niet gerust op was. Hij zat nerveus naar de voorstelling te kijken. Als Amalia zich toevallig omdraaide om achter zich te kijken, keek hij ook meteen. Om de haverklap vroeg hij haar: 'Wat is er?' Zij stelde hem gerust, maar mijn vader vertrouwde het niet. Zijn nervositeit maakte grote indruk om me. Ik bedacht dat als mij iets zou overkomen – het meest vreselijke, ik wist niet wat – ik niks tegen hem zou zeggen. Daaruit leidde ik af, ik weet niet waarom, dat Amalia op dezelfde manier zou handelen. Maar die wetenschap maakte me nog veel banger. Want als mijn vader erachter zou komen dat zij de toenaderingspoging van een of andere vreemdeling voor hem had verzwegen, zou hij meteen het bewijs hebben van al die andere talloze intriges van Amalia.

Ik had die bewijzen al. Als we zonder hem naar de bioscoop gingen, sloeg mijn moeder alle regels die hij haar had opgelegd in de wind: ze keek vrij om zich heen, lachte zoals ze niet hoorde te lachen en babbelde met onbekenden, bijvoorbeeld met de snoepverkoper, die als het licht uitging en de sterrenhemel verscheen naast haar ging zitten. Daarom kon ik, als mijn vader erbij was, het verhaal van de film niet volgen. Ik wierp steelse blikken in het donker om op mijn beurt Amalia in de gaten te houden, de ontdekking van haar geheimen voor te zijn, te voorkomen dat ook hij haar schuld zou ontdekken. Te midden van de sigarettenrook en de knipperende lichtbundel uit de projector fantaseerde ik ontzet over lichamen van mannen met de vorm van kikkers die lenig onder de rij stoelen sprongen en geen poten maar glibberige handen en tongen uitstaken. Daardoor brak het ijskoude zweet me uit, ondanks de warmte.

Intussen legde Amalia, na een steelse blik opzij, nieuwsgierig en tegelijkertijd bezorgd, haar hoofd op de schouder van mijn vader en leek gelukkig. Die dubbele beweging verscheurde me. Ik wist niet in welke vlucht ik mijn moeder moest volgen, langs de lijn van die blik of over de parabool die haar kapsel tekende in de richting van de schouder van haar echtgenoot. Ik zat naast haar en beefde. Zelfs de sterren, waarvan er 's zomers zoveel stonden, leken me flonkeringen van mijn ontreddering. Ik was zo vastbesloten anders dan haar te worden, dat ik een voor een de redenen om op haar te lijken kwijtraakte.

De zon begon me te verwarmen. Ik rommelde in mijn tasje en haalde mijn identiteitskaart tevoorschijn. Ik bekeek de foto langdurig, mezelf bestuderend om Amalia in dat beeld te herkennen. Het was een recente foto, speciaal gemaakt om het verlopen document te vervangen. Terwijl de zon mijn nek schroeide, tekende ik met een viltstift het kapsel van mijn moeder om mijn gelaatstrekken heen. Ik maakte mijn korte haar langer door vanaf de oren twee brede stroken op te laten bollen die aaneensloten in een pikzwarte golving op mijn voorhoofd. Ik schetste een rebelse krul boven mijn rechteroog, die moeizaam tussen de haarinplant en de wenkbrauw bleef hangen. Ik keek naar mezelf en glimlachte. Die ouderwetse haardracht, die in de jaren veertig gebruikelijk was maar aan het eind van de jaren vijftig al een zeldzaamheid was, stond me goed. Amalia had bestaan. Ik was Amalia.